HM

2012.10.02
矚目
黑潔明

《紅眼意外調查公司》

二號調查員神祕現蹤

年齡：二十七
身高：「號稱」一七八（這是永遠的心頭痛）
外貌：模特兒等級（要謝的人有三個：老爸老媽和黑大）
血統：多國混血兒（有四分之三的華裔血統）
得意技：刀法
任務裝備：匕首兩把、紅眼GPS追蹤系統

身分，呼之欲出……

任務，從一樁小提琴失竊謀殺案開始。

一見鍾情感覺竄燒情意悶燃兩年後……
這兩尊調查員大人還在搞曖昧?!（囧rz）
來～人啊！誰教教他們怎麼勇敢放火鬧出人命！

創，開始，製造，
不知名天地的探索者！
下一格打開，
會跑出……？

珍愛 3410

決戰事業線

連亞麗 著

禾馬文化事業有限公司發行

國家圖書館出版品預行編目資料

決戰事業線／連亞麗著．初版
臺北市: 禾馬文化, 2012.09
面； 公分.—(禾馬珍愛小說；3410)
ISBN 978-986-270-819-4(平裝)

857.7 101015774

決戰事業線

禾馬珍愛 3410

作　者：連亞麗
總 編 輯：潘文儀
副總編輯：李慧玉
出版者：禾馬文化事業有限公司
社　址：11083台北市信義區忠孝東路五段508號4樓之1
電　話：（02）66395508
傳　真：（02）66365508
劃撥帳號：17914120　戶　名：禾馬文化事業有限公司
E-mail：customer@homerpublishing.com.tw
網　站：http://homerpublishing.com.tw
發行部：禾馬文化事業有限公司—桃子熊工作室
地　址：台北市南港區南港路二段95號7樓
初　版：二〇一二年九月
國際書碼：ISBN 978-986-270-819-4
定　價：新台幣一九〇元　Printed in Taiwan
本公司法律顧問／通律法律事務所　楊永成律師

一顆驛動的心　始終找不到停靠港灣

是妳讓我多年的尋覓　有了方向……

小銀的機車人生

連亞麗

如果一直有看我的小說，或許會記得我很久很久以前（事實上久到我自己都不記得有多久了），我曾在序裡寫過我有一輛機車，我叫它小銀！

我曾寫過它是輛二手車，而且從它歷盡滄桑的破鑼嗓可以聽得出來，它應該有段輝煌的飆仔生涯。

總之，今年四月小銀離開了我，不是被偷！因為十幾歲的它沒有什麼被偷的價值，要真不幸偷到它還得花錢修理咧！

某天下午，我騎著機車一直聽到哐啷哐啷的巨大聲響，原本很想忽略那聲音的，但聲音越來越大，連戴著安全帽的我都很難忽視其他騎士投射到我身上的異樣眼光。

這讓我想起某次我騎著小銀在等紅燈時，發現一陣煙霧瀰漫，心想著到底是哪

個笨蛋把大冒煙的機車騎出來，結果一回頭，發現冒煙的竟是我的愛車小銀！

每當想此那日的情景，我還是覺得一陣臉紅，當時我還很酷的回頭想瞪那個笨蛋一眼，結果一回頭發現是自己，而等在我後頭的所有人都在惡狠狠的怒視著我，當時真的好糗啊！

我只能趕快將小銀熄火，推到一旁去，等它冷靜下來再騎走。從此以後我再也不敢騎著它到太遠的地方，所以小銀一直只負責打理我三餐出門購買外食的交通問題。

畢竟小銀高齡十幾歲了，修理了冒煙的問題，它還有其他的小毛病。我身為小銀的主人，很習慣它不時的出狀況，所以當它很囂張的發出巨大的哐啷聲時，我也只能很尷尬的在等紅燈時飛踢它一腳。

很多人遇上東西壞了，第一個反射動作就是拍一拍打一打，看東西是不是會恢復，我也不例外。

不過這招真的不是很有效，不建議大家在危急時使用，因為小銀被我踢了一腳後，竟然很不給面子的直接給我在大馬路上熄火了！

還好機車行就在前面不遠處，我趕緊把小銀推到機車行，心裡有了和小銀說再

見的預感。

果然這回壞的是引擎，一修又得花上好幾千。小銀每個月都得花上千塊修理這點，逐漸破壞了我跟它之間的感情，正所謂久病床前無孝子，爛車難找好主人，即便我還是很愛它，尤其我從小就幻想著能有一台滴歐，小時候看人家騎都覺得好帥喔！

多年後即便有其他更帥更酷的廠牌出來，我還是很堅持的買了二手的小銀，算是補足我多年來的渴望，買下它時我還被編輯嘲笑了一番，在我沾沾自喜的報告買了輛機車時，編輯跟我說這種老舊款的一輛五千塊就有了，笑我買太貴（即使那是十年前的事了，我到現在都記得）。

買都買了，就要騎夠本，所以我就這麼一騎了十年，沒想到還是到了分手的這一天。

沒有小銀的日子裡，我沒有用其他機車取代它，因為現在機車實在太貴了！光想到買輛機車可能爽兩天就會被偷走，我就一點都不感興趣。在我年少時曾買過一輛腳踏車，騎不到一星期被偷走，那經驗讓我到現在想起都還覺得很受傷。

當初買下二手的小銀，這十年來光是修理的錢早就夠我再買一輛了，所以我也

不打算再買二手車。因此這陣子我要上哪都是用走的，可是身處交通不發達的鄉間，要去買個東西並不是走出去就有捷運可搭，所以我開始騎腳踏車。

天曉得在這種高溫動不動就超過三十度的大熱天，為了買午餐，得先包得密不透風，再來回騎上半小時去買便當的日子多難熬啊，所以今年夏天我瘦了快五公斤。

我想，這應該可以算是小銀送給我的分手禮物吧！

最後，請善待自家的機車，因為有機車的日子真的很幸福啊……

第一章

上課鐘響，陶冬葵在關掉手機前，還是在黃克連半小時前放上網路的那張他與爆乳妹的照片按了個客套的讚。

只是關掉手機後，她還是不能理解，現在才四月，她出門都還要穿上小外套禦寒，這種鬼天氣為什麼有人可以穿著露出事業線的單薄小背心到處跑？有這麼怕熱嗎？

偏偏這年頭男人就吃這套，她這半年來，每天努力的緊盯著黃克連的網路動態，時時關注他所發表的每一篇消息，盡可能留下隻字片語增加自己的曝光率，結果完全比不上一個每次都以爆乳照現身的小辣妹。

這樣下去她要到什麼時候才脫離得了這種單身生涯啊！她的青春可容不得她如此消耗，可是她又找不到其他的方式脫離。

走進教室，陶冬葵收起抑鬱的心情，直到點名時，另一件事又讓她的心情蒙上陰暗。

「張曼曼今天還是沒來嗎？」

「沒有。」

張曼曼是個生性內向害羞的孩子，瘦弱的身子並不起眼，但她卻是動漫社裡的風雲人物。身為動漫社的指導老師又是張曼曼的級任導師，陶冬葵發現她有著極高的設計天分時也為之驚豔，只是這年頭不只成年人有自己的問題，學生也有著屬於自己的困頓。

前陣子，幾名問題學生找上了看來很好欺負的張曼曼，不但把她打了一頓，還把毆打過程放到網路上，張曼曼承受不了這一連串打擊，請假在家休養了好一陣子，甚至想要休學，而她為了張曼曼的事不停奔走，卻始終得不到校方和家長的回應。

那群在校園裡惹是生非的不良少女是所有老師心頭的痛，因為其中有個學生家長長相很流氓，還有一個學生的家長是什麼議員之類的人物，第三位家長則是某大公司的老闆，組合成這個不入流的少女團體，聽說她們有過星夢，還去電視台試

鏡，但長相和破嗓在第一關海選就被刷掉了，她們便「轉型」成了校園霸凌組合，學校成了她們上演古惑仔的舞台，整天鬧事。

但她可不吃這套，即便其他老師要她別再插手，還警告她鬧事的學生家長不是她惹得起的人物，可這叫她怎麼服氣？

這世界不該是這樣運作的，好人應該受到保護，壞人應該得到制裁，怎麼遇上了事只教孩子委曲求全的吞下去，這樣她以後要怎麼教導學生？

所以，陶冬葵決定要為張曼曼做點事。反正愛情這項她已經無能為力了，但她有能力可以幫孩子做點事，她就不會放棄！

❁　❁　❁

眼前這棟大樓傳說就是那間贏得年度最佳建築的菩提心大樓，以環保及實用之美建造，利用太陽能和風力節約了一半以上的用電量。這擁有華麗外觀的完美建築，是由三棟建築連結而成整個群體，中央棟較突出，彷彿大樹一般的往兩邊展開，大樓的名字很有宗教味道，創建者聽說也是個有著菩薩心腸的老太太，只是傳說歸傳說，有時事實跟報導是有很大差距的。

穆向桐是這棟大樓現任的擁有者，也是老太太的兒子，陶冬葵會和穆向桐連上線的主因，就是學校裡的頭號問題學生——邱雅婷，她的資料裡寫的聯絡人就是穆向桐。

陶冬葵決定直接上門找人，畢竟受到傷害的是她的學生，她不能什麼都不做，只希望穆向桐能提出合理的解決之道。

「穆先生！」

她守在停車場出口已經許久，還花了錢買通守衛得到穆向桐的車號，總算給她等著了，她一定得為自己的學生出口氣！

嘰的一聲，司機緊急踩煞車，車頭距離陶冬葵不到十公分。

她原本已經豁了出去，但衝出來後她就後悔了，她真的跑太慢了，還好那輛車性能不錯，在撞上她之前煞住。

「呼……」陶冬葵吐了口氣。

接著，車子的前後車門都打開。

「妳想找死啊！」有兩人同時罵出聲。

一名是司機，另一名是個身型高大的女人。

「我姓陶，是友愛國中的老師。」陶冬葵抓緊時間開口，這可是她苦候了許久的機會。「我必須見穆先生一面，我得讓他知道事情的嚴重性，請妳讓我跟穆先生談談！」

那名高大的女人臉上寫著無奈。

「陶老師，我跟妳說過很多次了，穆先生很忙，妳有什麼事可以跟我談。我知道妳要什麼，蔡老師也跟我談好了賠償金額，難道你們是對金額不滿意嗎？」

「不，錢是一回事，但賠了錢以後呢？你們會因此就改變邱雅婷嗎？我需要跟穆先生本人談談，他才是邱雅婷的聯絡人，也許他能做些什麼來改變這個孩子，而不是每次都在她出事後才花錢解決事情。」

「抱歉，陶老師，我很欣賞妳的熱心，但……」

「周助理，我已經聯絡妳好多次了，但都沒用不是嗎？」眼前女人一開口，陶冬葵立刻認出了那是她曾聯絡過的助理小姐。

「穆先生很忙，邱雅婷的事由我來處理，即便我對她的所作所為不以為然，但我能做的就只有這樣，妳直接告訴我要多少錢擺平這件事吧。」周雪若語氣平靜的說。

「你們以為用錢就可以擺平所有事嗎？」

「陶老師，我不認為用錢可以擺平所有事，但我們真的沒時間處理邱雅婷的事，妳可以去問邱雅婷的導師，她知道我們都怎麼處理的，以後就由蔡老師來跟我們聯絡吧。」

「可是邱雅婷今天在學校……」

「抱歉，我還有別的事要處理，就這樣了。」

原本打算要找穆向桐好好懇談一番，沒想到連跟對方講句話的機會都沒有，再一次的，陶冬葵又被擋在車外。

「小姐，請妳不要擋住車道！請讓開！」警衛走了過來，一看擋路的是女人，語氣和緩了些，直勸著她離開。

「小姐，拜託啦！讓一下啦！後面還有車要出來，妳是要我多叫一個警衛過來嗎？」車上的司機也開口。

陶冬葵覺得全身的細胞都快爆炸了，她是那樣盡心盡力的想為受害的女學生找個公道，可是遇上的全是這種想花錢了事的人。

她默默的讓到一旁，冷冷的瞪著那豪華轎車的後座，當車子經過她面前時，後

座的車窗拉了一半下來，裡頭那位身著高級訂製西裝的男子也冷然的望著她，他們對視了一秒，接著男子將目光移開。

「她就是那個女孩子的老師？」

「她是受害學生的導師。邱雅婷這次做得太過分了，要是我跟她同校，我一定把她打趴了在地上找牙！竟然敢這樣欺負人……」周雪若忿忿道。

她也不願就這麼打發那位女老師，但事實上這件事他們真的無從幫忙。

「那名女老師要什麼？」

「她想跟你談談。她說很清楚我們只付錢不負責管教，覺得這樣處理沒有用，應該要有更明確的方法讓邱雅婷得到教訓，希望你可以出面讓邱雅婷知道事態的嚴重，但我怎麼告訴她你從來沒跟那孩子說過話？」

其實穆向桐也是連帶受害者。邱雅婷跟穆向桐並沒有血緣關係，只聽說邱家在二十年前和穆家是隔壁鄰居，後來穆家人搬走，兩家人也十幾年沒聯絡過。某日，中風的穆老太太和外籍看護在家，邱雅婷的母親帶著女兒提著水果上門來，說是要探望老鄰居，待了沒多久，邱母藉口說要去巷口買個東西，然後把孩子扔了就一去不回頭，一走就是兩年！

穆老太太看邱雅婷一個小女孩也可憐，同情她讓她在家裡住下，誰知這就是惡夢的開始。誰也沒料到一個小女孩可以做出什麼壞事來，但能想像到的邱雅婷全都做過，學校一天到晚打電話來，當初善心大發的穆老太太沒多久就因為再次中風成了植物人，送到醫院裡再也沒醒來，學校就直接找上穆向桐，幾次下來穆向桐的耐心也被磨光了。

沒親沒故的給她吃住已經很好了，卻還得成天幫她收拾爛攤子，以前母親還有意識時，曾勸過他就當是做善事幫幫那可憐的孩子，但現在他的忍耐已經到了極限了。

「對方家長要求多少錢？」

「要求五萬元的賠償金。」

「給十萬，如果邱雅婷真的對人家做了那種事，那就把錢給他們！」

「多一倍？」

「對，然後把房子收回來，直接叫她滾吧，我已經沒耐性一再處理她的事。」

「可是她還未成年。」雖然周雪若也不認同邱雅婷的作為，但讓個未成年少女在外流浪總是不好。

「她可以去找她母親，她們不是有聯絡嗎？我已經給過她很多次機會了，既然她不肯改變，那就去尋求其他社福機構的協助，我已經夠忙了，沒時間處理她的事，她本來就不是我的責任。」

他不理解母親怎麼會弄來這麼個麻煩給他，這種人就算未成年也應該得到教訓，而不是由他來承擔這些錯誤。

「好。」周雪若明白的點點頭。「我會跟她聯絡，請她盡快搬走。」

「要是她不接電話，就直接把她的手機停了，我不會再浪費任何金錢跟時間在她身上，我的忍耐已經到了極限。」

責任是給有能力的人扛沒錯，所以很多人都對看來能擔當責任的人有所期待。可這從來都不公平，更何況邱雅婷不肯學好，將自身的不幸當成一種免責防護罩，出了事就拿出來博取所有人的同情。天曉得這世界上多得是遭遇不幸卻仍力爭上游的人，那孩子不懂得珍惜，就隨她去吧！

「真不曉得那些生了孩子卻丟著不養的人心裡在想些什麼？」

穆向桐被這事惹得很毛了，也讓他對結婚生子一事更反感，人生不見得只有走向那條路才算圓滿，懂得精采過日才不枉此生。

至於那些生了孩子卻丟著不養的人，哼！就讓他們下地獄去吧！他又不是超人，沒有以天下為己任的胸懷去關照所有人，還是留給穿上披風跟緊身衣的克拉克去做吧！

❁ ❁ ❁

「妳看，我剛就跟妳說了，妳知道妳找的人是誰嗎？穆向桐耶！人家可是大公司的大老闆，哪有時間理這種小孩子的事……」

頂著一頭分不清是花白還是滿布頭皮屑的主任，一早就接到了周雪若打來的電話，明明就是因為陶冬葵的一再努力，賠償金才增加了一倍，主任卻還要在一旁說風涼話。

身為班導的蔡老師早已學會對這事睜隻眼閉隻眼，只是年輕的女老師就是不了解，硬是要打電話去向家長告狀，這下明白了吧？人家家長根本就不理這種小事。

「這事就這樣算了嗎？」

「今天一早周小姐就請快遞把支票送來了，十萬，比原先談的五萬還多了一倍！人家有的是錢，能賠妳的也只有錢，妳就看開點吧！現在的小孩別說是我們

了，家長一樣是管不動的。」

這就是前輩給她的建議……唉！

放學後，陶冬葵拿著支票來到張曼曼的家。

張曼曼身上的傷已經好些了，至少不像事情剛發生時那麼的觸目驚心，只是她心裡的傷要復原還需要一段很長的時間。她獨自坐在房間裡，手上拿著雪紡布料靜靜的縫著，好像全世界她只專注在這件事上。

陶冬葵嘆了口氣，用張曼曼最愛的動漫當話題來引起她的注意。曼曼有一雙巧手，可以把動漫裡的人物化為真實，她能百分之百的複製出動漫裡的服裝，作工精細，讓她成為社團裡的名人，怎知她溫弱的個性卻成了那些壞孩子眼裡好欺負的象徵。

「曼曼，我們說好了要一起參加動漫大會，所以妳得趕快回到學校來，這星期社團要開會定裝，大家都還在等妳做最後的確認。這次動漫大會大家準備了好久，妳知道我們沒有妳是去不成的。」

「我不想去了。」

「曼曼，是動漫大會啊！妳不是一直很想穿上妳手上這套衣服去參加的嗎？」

「我要穿的是『雪仙子』。」

「咦?可是妳上個月就一直在趕這件衣服啊。」曼曼最近一直在趕製手上這件白色雪紡裙，這件衣服作工超繁複，上頭的亮片還是她帶著學生們到專賣店去採購的，光是要把珍珠一顆顆縫到衣服上，曼曼就縫了半個月。

「這件衣服沒有人穿……」

「怎麼會沒有人穿，妳做的衣服永遠都是大家搶著穿的……如果真的沒有人穿，那老師來穿！我來穿！」

「真的嗎?老師，妳不是只會跟我們一起去動漫，妳也會加入嗎?」張曼曼眼裡閃出了光芒。

「這點小事我當然可以為妳做到，前提是妳要回到學校正常上課，如果妳不回來，那些人就得逞了，妳要更勇敢，更無所懼的面對她們！」陶冬葵握著張曼曼的手，誠心的對她說：「人生中很多事都不盡如人意，這世界上就是有那些笨蛋會去傷害別人還以此沾沾自喜，妳是個有天分的孩子，不要因為這樣就退縮好嗎?」

張曼曼聽著她的話，只是沉默，好半晌她才開口。

「老師，妳真的會穿嗎?」

「如果妳需要我穿，我一定穿！」

＊　＊　＊

「我的天啊！」

穆向桐一進辦公室，就看到周雪若手上拿著報紙，瞪大了眼在喃喃自語。

「哪個男明星又出了寫真集？」他沒好氣的問。

「才不是！給你看張養眼的！」

周雪若將報紙遞到他面前，一張性感女神照就被擺在最顯眼的位置上。

「不認識，哪個新進女星？」

「事實上，你跟她在某種程度上不算是不熟。」

「我沒見過這個人吧？」如果她是屬於整型過度的統一臉型，或許他還真認不出來，因為現在整成那樣的人滿街都是，但這種純天然的清新派樣貌還真是少見，如果他見過肯定不會忘記。

「你見過，而且我還跟她通過幾次電話，你一定很難想像，她就是那天跑來公司找你的攔車姊！」

穆向桐在腦海裡搜尋著微弱的記憶線索，但怎麼也無法將那位穿著平凡的女老師跟報紙上宛若女神般的美女結合在一起。

他唯一記得的是當他們拒絕了她後，她眼裡流露的哀傷，那眼神跟報上那明亮清澈的眼眸完全連不到一塊兒。

「我沒想到她會是這個樣子，超酷的！報上還說她是台版麻辣女教師！難怪了……她對學生真的很用心，從電話裡，我就能感受到她對工作的熱忱。報上說這是學生特地做的服裝，為了完成學生的夢想，所以她才幫忙穿上這套衣服。」

「已經把那個麻煩精處理好了吧？」

「嗯，我照你的意思把她的東西整理好，把房子清空，鎖也換了，並請管理員別再讓她進去了。房仲那邊說有三個買家對那間房子很有興趣，最快應該半個月內就可以賣出去。」

「那就好。」

莫名其妙背上的麻煩總算解決了，現在應該算是他這輩子最輕鬆的時候吧！從他有記憶以來，母親就一直熱心慈善事業，他不認為做善事不對，只是像母親那樣毫不考慮後果，攬回一屁股麻煩的善良他無法認同。

即便穆家有點財力，但他從來沒過過那種富二代的奢侈生活，當父親過世後，他接手公司後才發現，公司的營運老早出了問題，再加上母親無止境的善心捐獻，公司幾乎要倒閉了。

穆向桐只能將精力全部放在工作上，在所有人以為光鮮亮麗的富二代形象底下，沒有人知道他過去根本是個窮二代，母親中風時，他甚至有種鬆了口氣的感覺，只是沒想到母親中風後，還是惹來了邱雅婷這個他根本不認識的惹禍精。

幸好現在連最後一個麻煩都解決掉了！

「我看你整個人都輕鬆起來了。」

「本來就該這樣，我只是不明白為什麼總會有些莫名其妙的事找上我。」

雖說幫助人是好事，但也得看自己的能力，更要看對方是否值得，那種盲目的想幫助人的心態，只會為自己惹來麻煩，他這輩子絕對會和這種人保持距離，免得再度惹禍上身

❀　❀　❀

「陶老師，這下妳真的紅了！」

看著報紙上誇張的報導，陶冬葵只覺得頭皮發麻到整顆頭都快變成石頭了，沉重得讓她頭垂得低低的，壓力大到她幾乎抬不起頭來。

「台版麻辣女教師」幾個字套在她頭上一點也不適合啊！

「哇！這件衣服我大概要再減個十五公斤才有可能穿得下。」另一個著迷於減肥的中年女老師嚷道。

「黃老師，妳減肥減了八百年還是這個樣，為什麼不乾脆接受自己的模樣呢？人自然一點有什麼不好？成天想著把自己弄得不倫不類有什麼意思……」戴著金邊眼鏡的中年女老師不屑的點了點報紙，丟出批評：「陶老師，妳穿這樣上報有損老師的形象吧？」

終於來了！就是這句！

陶冬葵知道上了報絕對會引來部分老師的反彈，尤其學校裡有不少年紀頗大卻一直未婚的保守派女老師，她們對於教學的觀念一直維持舊時代的風格，如果年輕女老師裙子高於膝蓋，這些資深女老師就會以過來人的身分提出一些「貼心」的叮嚀，而這次她所穿的服裝完全超出了她們的容忍值，她早料到她們會對這件事發表反對意見。

天曉得這年頭早就「事業線」當道了，社會風氣開放早已超出老古板們的想像，穿蕾絲淑女裝已經不流行了，看她就知道，她平日一身的保守裝扮，還不是落得感情空白至今的下場。

撇開渴愛這項需求不看，她這回可是完全為了她的學生們才「下海」的，為什麼她們就不能正面點的看待這件事呢？

「我總不能讓學生穿這樣吧？她們都還沒滿十八歲。」陶冬葵努力的解釋。

這是她咬牙下海的主因，張曼曼遭到霸凌後一直不願回到學校，直到她提起動漫大會，張曼曼才開始有點反應，回到學校後，她也是一直專心的在製作「白荷女」的道具服，她絕對相信張曼曼擁有成為知名設計師的能力，所以她完全不擔心張曼曼的作品，並給了百分之百的肯定。

張曼曼一直都很期待可以將動漫大會當成自己的服裝展示表演，她親手縫製的每一套服裝都是由同學穿著，而她身上這套是張曼曼最在意的「白荷女」，一定得有人穿出去才行。

當陶冬葵第一次看到「白荷女」的服裝時，也是完全傻眼，這看起來好像布料用很多的服裝，其實布料幾乎用來做裙襬，身上的布料少得可憐。

這露事業線的性感服裝，她敢讓學生穿出去嗎？要是學生穿成這樣，她也很難向家長交代，所以她只好咬著牙穿了。

唯一值得安慰的是，張曼曼看見她穿著「白荷女」的服裝現身時，感動得哭了起來，其他同學也開心的又叫又跳。當天他們逼真又細緻的裝扮轟動了整個會場，尤其是陶冬葵所扮演的「白荷女」，簡直是性感指數破表，還引來記者的採訪，當記者發現「白荷女」竟是由指導老師下海扮演，更是將這條新聞炒作到極致，成了當天各節新聞的頭條，一再播放的結果，就是當天晚上動漫社的社群網站湧進了數千人的加入。

但學校其他老師可不會輕易放過她。

「陶老師，妳有沒有想過，妳一時好玩會讓學校裡其他老師也被誤會是不正經的老師，這對我們影響有多大妳知道嗎？虧妳還是老師，考慮竟如此不周詳。」

「就算我考慮不周詳，但我絕不是什麼不正經的老師！我努力的想為張曼曼做點什麼，可是你們沒有人願意配合，到今天為止，張曼曼被霸凌這件事，沒有人願意站出來為她發聲！我敢出來，但你們敢嗎？」提到這事，陶冬葵就一肚子火。

說話的那位老師就是邱雅婷的導師，她平常只顧著對家長逢迎拍馬，遇上事情

卻推得一乾二淨，陶冬葵不忍張曼曼受委屈，幾次主動上門找學生家長談，卻一再的被這位蔡老師擋下。

「穆向桐不是已經賠錢了嗎？」

所以呢？有錢就了不起啊！回想起去找穆向桐那次的經驗，陶冬葵就氣憤。那有錢傢伙看她的眼神就像在問：有什麼事是錢解決不了的？那目光讓她不舒坦到現在，所以長得再帥又怎樣？一旦人有那種心態，在她眼裡就怎麼都帥不起來。

「要不是妳是我們學校的老師，這麼傷風敗俗的打扮我都看不下去了！」

「這件衣服是很性感沒錯，但根本沒有你們說的那麼不堪，那是張曼曼的心血結晶，『白荷女』是動漫界的女神，是最受尊敬的角色！」

她只是每次出場時都穿得比較少！但這是漫畫人物，她要怎麼跟這群老傢伙解釋？陶冬葵在心裡吶喊著。

「陶老師。」

校長的聲音從辦公室門口響起，陶冬葵突然覺得背脊一涼，其他老師紛紛露出看好戲的表情，算準了陶冬葵這回肯定要栽了，像這種愛標新立異的老師，老想跟學生們打成一片，這下好了吧！

陶冬葵心底盤算著怎麼跟校長解釋，但甫一回頭，潘校長竟撲上來熱情的拉著她的手臂，一向嚴肅的臉上也堆滿笑容，在他身後跟著湧進不少人。

「各位記者先生小姐，這位就是我們學校的陶老師。她平常教學認真，深獲學生愛戴。這回她扮演的是神話故事中的『白荷女』，是法力最高強的幻術師，服裝全是由學生利用課餘時間精心製作的，你們可以看得出來，陶老師平常服裝保守，完全是為了學生才犧牲色相大膽演出『白荷女』的角色。我先暫時做此說明，等下請大家跟著羅主任到會議室去，我們會在十分鐘內準備好今年本校的校慶說明會。」

第二章

算是因禍得福吧？陶冬葵本已做好了會被校長海罵一頓的心理準備，沒想到校長乾脆利用記者來訪的機會，大大的推銷了學校一番。

藉由媒體的力量，陶冬葵成了知名的麻辣女教師，就連動漫社的社群網站裡都出現大批愛慕她的人潮，這對於認定自己可能一輩子得孤老的陶冬葵來說，可是完全不同的新鮮體驗，就連先前摟著爆乳妹亮相宣告戀愛的黃克連，都偷偷的發她私人訊息，破天荒的跟她哈啦起來，可惜她現在心境已大不相同。

純粹為了事業線來的男人，她可是在心裡就先做了記號，這樣的男人哪會懂得她的好呢！

今天，陶冬葵穿著一件長袖上衣，外加過膝的長裙，別說是事業線了，連鎖骨都看不見，那些資深女老師總沒話說了吧？

上完課才想走回辦公室，後頭就有個學生跟上她。

「老師！」

「杜雨澄，有什麼問題嗎？剛剛教的有不懂的嗎？」

跑來找她的是新轉來的女學生，長相甜美可人，只是一進學校就被三小惡霸團給盯上，像這種漂亮小女生很容易成為那群壞學生的眼中釘，先前她們還囂張的闖進陶冬葵的課堂要人，還好她藉口有事把杜雨澄給叫走，免得這單純的小女生傻乎乎的被帶走。

陶冬葵不但擺明了幫張曼曼，現在又出來護著杜雨澄，三小集團老早就放話要陶冬葵好看，今天果然就出招了。

「老師，是妳的衣服被噴了東西了。」

陶冬葵低頭一看，她的衣服竟然被噴了紅色的墨水，這絕對是那三小惡霸幹的，剛剛上課時，她就覺得很奇怪，怎麼那幾個學生老是在竊笑，現在才明白她們搞了什麼花招。

她連忙衝到最近的廁所裡要沖洗，近門的洗手台卻貼著故障的紙條，她只好到另一頭的洗手台。

「老師！」杜雨澄早看出門後有鬼，急忙拉住陶冬葵。

或許是太緊張，門後幾個躲著要偷襲的女孩突然動了一下，頂在門上的水桶竟往門內倒下，廁所裡傳出了女孩們的尖叫聲，接著幾個女學生活像落湯雞般的從廁所裡竄出。她們正是三小集團的成員，原來她們算準了陶冬葵發現後會到最近的廁所清洗，就故意埋伏在這邊，哪知偷雞不著蝕把米，反而是她們自己被淋得一身濕。

幾個女孩衝出來和陶冬葵正面相對，陶冬葵可不是傻瓜，她知道若不是杜雨澄及時叫住她，除了背面的髒污外，她可能全身都要遭殃，變成落湯雞的人很有可能就是自己，忍不住氣憤的對著那群女孩喊道：「邱雅婷、陳淑慧，妳們在做什麼？」

幾個女孩發現事跡敗露，加上作賊心虛，連應都不敢應一聲，一身濕答答的急忙跑開。

「她們真的是……」陶冬葵真是氣炸了，但她身上的污漬可怎麼辦？「這種墨水一定洗不掉……」

「老師，我來幫妳。」杜雨澄和她走到洗手台，扭開水龍頭，果然沒故障，那

張手寫的故障紙條分明是那幾個學生的詭計，要引她們去開廁所門。

「太可惡了！我今天一定要找穆向桐說清楚，再讓她們這麼放縱下去……」陶冬葵正罵著，杜雨澄的話卻讓她心情瞬間好了起來。

「老師妳看，全洗掉了！」

本以為洗不掉的污漬讓杜雨澄搓了兩下，竟神奇的消失無蹤。

「那種紅墨水應該很難洗掉，怎麼這樣就洗掉了？」

「可能她們買到品質比較差的吧？」杜雨澄笑了笑，事實上是她用不能說的方法把污漬給弄掉的。

「謝謝妳，妳趕快回去上課吧。」

「不客氣。」杜雨澄笑吟吟的轉身跑回教室。

陶冬葵振作起精神，好！輪到她去找那三小集團算帳了！

回到剛剛那間教室，果然那幾個淋得一身濕的學生都跑了，連回教室上課都不敢。她在邱雅婷的抽屜裡找到了一支針管，裡頭還有紅色墨水，證據確鑿。她立刻回辦公室撥了穆向桐公司的電話，打算要好好的興師問罪。

「我是友愛國中的陶老師，請問穆向桐先生在嗎？」和以往一樣，她的開場白

依舊沒變。

「穆先生在開會。陶老師，我是周雪若。」

「周小姐，我知道穆先生是個大忙人，但邱雅婷有很嚴重的偏差行為，她今天……」

「抱歉，陶老師，我之前已經跟妳解釋過穆先生不接學校的電話。」

「我知道妳跟我說過，但是……」

「這次不一樣，請妳轉告校方，往後邱雅婷在學校發生任何事情都不用再打來了。」

「這是什麼意思？」

「穆先生從今以後與邱雅婷完全劃清界線的意思。」

「邱雅婷今天在學校裡用紅色墨水噴了我一身……」

「抱歉，我們……」

「周小姐，她今天拿著紅墨水噴我的裙子，妳知道那看起來有多……妳也是女人，妳知道我的意思……」

「我知道，很遺憾聽到這件事，我很坦白的告訴妳，如果我是妳，我早就動手

海扁那個死小孩了，但邱雅婷的聯絡人是她自己寫的，妳應該去找她的母親，或是請相關單位協助，我恐怕沒辦法幫妳什麼。」說真的，周雪若真的很同情這些要跟邱雅婷打交道的老師，換做是她，她老早就開扁了，哪會讓那個孩子放肆到現在。

「就這樣嗎？你們把讓人頭痛的孩子往外一丟，說與你們無關？」陶冬葵簡直不敢置信。

「是的，事實上，邱雅婷確實與穆先生沒有任何關聯。陶老師，我還有事要處理，很遺憾聽到妳的遭遇，我不是鐵石心腸的人，但對邱雅婷闖下的禍我真的沒辦法替妳處理。」

「不能就這麼算了！我一定要跟穆先生說幾句話。」

「抱歉，我真的愛莫能助。」

陶冬葵眼看又要再次被掛電話，氣得連忙喊道：「妳不能掛我電話，我是受害者！」

蔡老師就站在她身邊，不停的用嘴形示意她開個價。

「好吧，那妳說，妳要怎麼處理？」周雪若的語氣也顯得很無奈。

「我要求三千元的賠償，我這套衣服是新的。」陶冬葵被逼急了，只得直接開

了價碼。

「好的，我會用現金袋將錢寄到學校。」

「不用，我馬上去你們公司拿！」

❀　❀　❀

這叫她怎麼吞得下這口氣？陶冬葵氣勢洶洶的走進菩提心大樓，一副要上門尋仇的樣子。

即使坐在辦公室裡，穆向桐都能感受到有股旋風即將襲來，因此他破例走出辦公室，正好碰上陶冬葵進來的那一幕。

陶冬葵沒有想到求見了那麼久，一直見不到本人的穆向桐竟然會現身，所以一看見他就直接走向他。

「陶老師，這錢……」周雪若喊著她，但陶冬葵完全置之不理。

「你們以為錢可以解決所有事嗎？」

「我知道錢不能解決所有事，但處理邱雅婷這件事，我也只能這麼解決。」穆向桐正面迎向她，打算看看這個女老師有什麼能耐。

哪知她竟然伸手到包包裡，拿出一支裝著紅色液體的針管，直接噴向穆向桐那身潔白的襯衫！

「這就是邱雅婷對我做的事，我相信你也應該享受一下。」

陶冬葵頂著一張嬌俏的臉龐，一掃之前無奈的模樣，在看了自己的作品後露出得意的神采。穆向桐那件看起來十分昂貴的襯衫被噴上紅墨水，但這還不是最棒的，最棒的應該是他那張帥氣臉龐露出來的驚訝神情，如果這模樣被拍下來放上社群網站，她絕對會按個讚！

「陶老師！」周雪若發出一聲尖叫。

「妳……」穆向桐沒想到她會來這招，一時間說不出話來。

「錢你們就自己留著吧！」陶冬葵丟下話，帥氣的就要往外走，但才轉身就看到門口站著三個人，用著一樣驚訝的眼神看著她。

她原本想跨出去的腳步不由得縮了回來，做出這種不良的示範還被學生看見，杜雨澄身後那兩位明顯是她的親人，慘了！

「這是妳的老師？」杜隱元問著孫女。

「對啊，我剛轉來不久，老師很照顧我，之前有別班的學生跑來班上要找我出

去，是老師救了我，那些學生還跟老師槓上，結果今天那些學生還拿紅墨水噴了她一身。」杜雨澄連忙解釋。

但眼前這一幕，卻是身為老師的人用著相同的手法報復在穆向桐身上，不過這不是杜隱元所在意的。

「妳說什麼！有學生跑到妳班上要找妳麻煩？」杜隱元哪忍得下這口氣，雨澄是他最寵愛的孫女，他哪受得了有人要找自己孫女麻煩。「老師，請妳解釋一下，為什麼雨澄會在學校裡發生這種事？」

「那你要問問穆先生了，因為穆先生正好是想欺負雨澄那個學生的聯絡人。」陶冬葵轉頭看向穆向桐，一臉「你完了」的表情。

「向桐，雨澄也算是你的姪女，你怎麼能讓人家這樣欺負她？」杜隱元立刻質問道。

「伯父，事情不是你想的那樣。」穆向桐從小就失去父親，一向把杜隱元當父親看待，面對他的質問，雖然不至於語塞到難以回應，但一向掛著高傲表情的臉上，竟出現了一絲難得的尷尬，再配上他那一身被墨汁噴得像是中槍的襯衫，周雪若忍不住咬唇忍笑。

「哎喲！老公，這有什麼大不了的，雨澄乖巧又機靈，現在不是好端端的嘛，沒事、沒事！」常倩倒是一臉的無所謂，反而笑得很開心，看向陶冬葵打招呼，「老師，妳好，我是雨澄的奶奶，在學校裡麻煩妳了。這樣吧，我們正好要找向桐一塊兒吃飯，一起來一起來！大家都是自己人嘛，乾脆一起吃個晚餐吧，大家好好的把話說清楚。」

❀　❀　❀

話說有個善心老太太，大家都知道她人好，所以就有人直接把小孩往老太太家裡丟，老太太不忍把孩子送走，因此就收留了那個孩子。哪知這孩子可能是從小教育養成就出了問題，怎樣都不肯學好，直到老太太重病昏迷後，穆向桐還是出錢扶養她，因此女孩就自作主張把聯絡人寫上穆向桐的名字，一來她的生活費都是他出的，二來寫上這名字自己在學校裡也走路有風，穆向桐響噹噹的名號，自然讓老師們心存顧忌，加上每次出事穆家都會有人出錢解決，久而久之就養出了禍害來。

當然這是白話的解釋，周雪若解釋時用的文字含蓄了許多，最末還不忘加上一句：「我可以保證老闆從來沒跟邱雅婷說上半句話，他甚至沒見過那孩子，老闆一

向忙於公事。」

「才怪！向桐，我常看你上八卦新聞啊，你忙的應該不只是公事吧！」常倩虧了他一下。「你年紀也不小了，你看看我們家昭綸跟範綸都結婚，雨澄也都這麼大了，你也該為自己盤算盤算，這些年你賺的錢夠養好幾個孩子了，應該要趁年輕多生幾個。」

「這事不急，畢竟生小孩容易，養小孩難，尤其現在的小孩那麼不受教，給再好的環境都一樣，有錢不見得就可以教育出正派的小孩。」就像邱雅婷，他提供了那麼好的環境，她照樣學壞，所以就算有錢也不見得可以養出好孩子，還不如別生的好。

「你對結婚生子怎麼一點冒險精神都沒有，你打拚事業不是一向勇於突破嗎？如果那勇氣也能用在家庭上頭就好了。會學壞的孩子是因為沒有家人的陪伴，養小孩也不是有錢養就算了，陪伴和教育也很重要。」

常倩接著轉向埋頭苦吃的陶冬葵道：「找個像陶老師這樣的女人不就好了！我看得出來她對教育很有熱忱，才會一心想替學生找出解決的辦法，還半路攔車……妳真是太勇敢了！」

「哪裡、哪裡。」陶冬葵連聲應道，不過頭越來越低。她一心想為學生討個公道，結果搞半天穆向桐原來也是受害者，他見都沒見過邱雅婷，只是負責支付她的生活費，沒想到卻惹來這些麻煩，也算是連帶受災戶了。

她還用紅墨水噴了他一身……唉！她連抬頭看他一眼的勇氣都沒了，真不曉得自己剛才怎麼有辦法那麼囂張。

吃光了盤子裡的食物，她為了避免尷尬，拿起桌上的飲料一飲而盡，有點酸酸甜甜，似乎還帶了點酒味？不管了！她需要多喝點水澆掉身上不停冒出的熱氣，好讓她撐過這頓晚餐。

「陶老師是真的滿有心的，她打了好幾次電話來，但因為老闆跟那孩子沒有任何關聯，加上他很忙，所以……」沒想到周雪若竟然在這時候替陶冬葵說起好話來。

「沒關係，是我自己搞不清楚狀況，一直打擾周小姐，我也很抱歉。」陶冬葵有些尷尬回道。

「妳放心，妳打來的次數絕對沒有那些女明星的次數多啦！哈哈……」

沒想到周雪若會在這時酸了老闆一記，陶冬葵有點想笑，但抬頭看了穆向桐的

側臉一眼，她決定還是別笑比較好。

「陶老師這種女人就是最好的結婚對象，像她這樣真心關愛學生的老師真的不多了，聽說妳之前常去探望那個被霸凌的學生是嗎？」常倩問道。

「嗯，她現在已經回到學校了。」

「我相信那孩子心裡的傷一定會痊癒的。不過陶老師妳最近很紅喔！我常在電視上看到妳，大家都叫妳麻辣女教師耶！」周雪若可是很關注這消息。

穆向桐忍不住看了她一眼，她連辣都吃不了，想不透她哪裡可以被稱為麻辣女教師。

陶冬葵可沒錯過他那不以為然的眼神。

「那只是媒體給的稱號，不是事實。」

「我有看到妳那張『白荷女』的照片，超美的！那件衣服是妳跟學生一起做的啊？」

「不是，是被害學生自己做的，那孩子有一雙巧手。」

「可以想像，那非得有一雙巧手才能化腐朽為神奇。」穆向桐無預警的補了一刀。

太惡毒了吧！陶冬葵突然覺得自己先前噴他一身紅墨水也沒什麼好抱歉了。

「是啊，我的學生真的很棒，所以當這麼有才華的孩子被欺負，我自然會為她抱不平。」她冷冷的回道。

「不過要穿出那套衣服也是要靠實力，沒身材可就沒辦法了。」周雪若倒是很看好她。

「到底什麼是『白荷女』？」常倩忍不住問道。

「奶奶，我找給妳看。」

「雨澄，不用啦！」陶冬葵急著阻止。

可是杜雨澄已經拿出手機，點開了陶冬葵那張轟動武林驚動萬教的照片。

「老師，妳不要害羞啦！那張照片真的很美啊。」

常倩看見照片，也跟著驚呼連連。

「哇！真的很漂亮！陶老師，妳應該要多做這種裝扮。」

「穿那樣去上課，會把家長嚇壞吧？」穆向桐不給面子的吐槽。

「我的意思是陶老師可以穿得更有女人味一點。」常倩解釋。「話說回來，向桐，你應該也看過陶老師這張『白荷女』的照片了吧？」

「當然，他根本認不出這就是陶老師呢！」周雪若在旁邊幫腔。

「認不出來也是應該的，因為我本人比較腐朽啊。」陶冬葵沒好氣的應上一句，邊說邊拿飲料喝了一口。

兩人講起話來刀光劍影的，一旁的人可都聽得出來他們對彼此一點都不客氣。

「哪有什麼腐朽不腐朽的，陶老師，妳太客氣了，妳只是身為師長，平常不好穿著太招搖，這我們都能體諒的。」常倩笑道。

「對了，前陣子我已經要邱雅婷搬走，我想她現在應該已經去找她母親了。」周雪若突然道。

「請她搬走？」眾人有些驚訝。

「跟她劃清界線不是比較好嗎？我可不希望常遇見拿紅墨水潑我的人上門來尋仇。」穆向桐說完還別有深意的看了陶冬葵一眼，明明見她已經很有悔意了，但他還是想再多補上幾刀，看她那模樣還滿有趣的。

陶冬葵聽到他這說，只好再拿起桌上常倩幫她斟滿了茶色液體的杯子猛灌，免得她的不知所措會跟著露餡。

「穆先生對她的幫忙已經遠超過應該做的，她根本是打著穆先生的名號在為非

作歹，我也覺得跟她劃清界線比較好。」周雪若跟著說明：「我跟邱雅婷聯繫過幾次，發現那孩子的觀念偏差，她認為別人對她的幫忙是理所當然，現在穆先生不再支付她的生活費，也許她才會懂得珍惜。」

「嗯，這樣也是個辦法。雨澄，妳在學校可得小心點，上次有陶老師幫妳解圍，如果還有人找妳麻煩一定要跟爺爺說。」杜隱元看多了校園霸凌的報導，很擔心孫女在學校會出事。

「老公，都跟你說了別擔心嘛！」常倩搗著嘴笑道：「我敢說要是有人真找雨澄的麻煩，倒楣的一定是對方，雨澄是不可能會出什麼差錯的。」

常倩對自己的孫女很有信心，擁有相同血緣的她們，一出生就有著不可說的祕密，保證絕對不會有人敢欺負她們。不過，若真有人要找麻煩，雨澄也可以學習怎麼處理。

「對啊，爺爺，你別擔心我嘛！」杜雨澄笑起來跟奶奶一模一樣。

「陶老師，妳真的很好心，為了學生這樣付出。」常倩又把話題拉回陶冬葵和穆向桐身上，「向桐，你看看，要是娶到像陶老師這樣的好女人不就沒問題了嗎？婚姻大事拖到現在，也太久了吧！」

「對啊，當老師的人通常是婚姻市場裡最吃香的一群。我之前看過一篇文章，內容是男人對當老師的女孩子最有興趣，既有愛心又會照顧小孩，女老師感覺上就是婚姻市場裡最熱門的人選。」周雪若像是看出了常倩有意要湊合她家老闆和陶冬葵，也跟著敲起了邊鼓。

但這論調卻讓陶冬葵嚴重抗議。

「這……絕對、絕對、絕對不是事實！」

提起結婚這檔事，陶冬葵可是很有意見的，竟然超有種的在眾人面前提出反駁。

「那事實是什麼？」他還沒開口拒絕，這女老師竟然先反駁，他倒是很想聽聽她的說法。

「不是每個人都把婚姻擺在最前頭，那些一心想討老婆回去持家養小孩的男人，他們只把自己和家庭的便利擺在前面，卻完全忽略了兩個人在一起會走向結婚，前提應該是愛才對！怎麼會是覺得對方很有愛心、很適合在家帶小孩就把她娶進門呢？他們把女人當成了什麼？只是傳宗接代跟燒飯洗衣的工具嗎？我堅決反對這種理論，愛情永遠都要擺在婚姻的前面才對！」

餐廳的包廂裡，熱血女老師在闡述她的婚姻愛情觀，聽得所有人一愣一愣。

當然人人都需要愛，只是像她這麼勇敢直接說出來的人不多，尤其是當著不熟的人面前如此坦白，並不是太常見。

「既然妳認為戀愛很重要，那妳的戀愛生活應該很精采才是吧？」穆向桐看她一眼，陶冬葵身上保守的穿著，難道只是保護色嗎？「白荷女」才是她的本色？不會吧？

「哪有你穆先生精采呢！」

沒想到陶冬葵竟有膽這麼回他，她自己也有點驚訝，不過反正紅墨水都潑過了，這點小事應該也不算什麼了。

「理想跟現實通常是有差距的，再說老師的生活忙碌又乏味，就算真的有心談戀愛，卻只遇得上那些純粹把妳當結婚對象的人，連認識都談不上就開始打聽妳家裡有多少人，有沒有父母需要供養？每個月賺多少？薪水通常如何處置……盤算著娶妳進門可以為自己減輕多少貸款壓力，妳的個性是否如同眾人期待般的溫順聽話，足以當個乖巧的媳婦，做牛做馬也毫無怨言，只因為妳是個眾所期待且被刻板印象給制約的女老師。」

周雪若瞪大了眼。「哇！聽起來好像不怎麼美好！」

「當然一點都不美好，但這就是現實人生啊！我每天早上七點多就要到學校，要跟著學生一塊兒自習，有時間還得去做家庭訪問，遇到學生出事還得四處奔波，學生成績好就鬆口氣，學生要是使壞，家長就認為全是在學校裡被帶壞的，一狀告到學校，校方通常就怪到老師頭上來，所以當老師的壓力一點都不小。

「加上現在升學壓力重，回到家還得出題做考卷，考題要創新有深度，學生要是考得太差，就是老師刻意出題刁難，要是出得太簡單大家都得高分，又會被說這樣考不出學生的程度，動輒得咎，一點都不輕鬆。

「更別提寒暑假了！現在寒暑假都有課輔，學生要去上課，老師就得去教學，加上寒暑假出國旅遊都特別貴，我到現在都還沒出國玩過半次。」陶冬葵打開話匣子就停不了，滿腹的委屈跟著宣洩出來。

「這麼慘？那怎麼交男朋友？」周雪若忍不住問。

「頂多就是一起出去吃吃飯，吃完想去唱KTV也沒辦法，因為隔天七點以前就要起床。加上現在流浪教師又多，多得是等著搶妳飯碗的人，能佔住一個教職名額大家都不敢稍有懈怠，就像出了霸凌事件，很多老師也是能閃則閃，能不管就不

管，大家都怕一涉入就會招致工作不保。」

「在此同時，妳還堅持婚姻要建立在愛情上的理想，豈不更加遙遠了？」穆向桐直接點出了她的困難點。

「穆先生，我的理想怎麼可能會是結婚呢？你的觀念還是停留在認定女人都把婚姻當終極目標的歧視上，你問問周小姐，我就不信她也是這樣！」

「對啊！談不上戀愛怎麼想結婚的事？」周雪若跟著附和。「不過妳怎麼知道我還沒結婚？」

「拜託！妳在這種環境下工作……」陶冬葵用她可愛的尖下巴指了穆向桐的方向。「怎麼可能有時間談戀愛？」

周雪若眼裡閃著被了解的光芒，「妳說得太好了！我們一定要交個朋友才行！妳真的完全理解單身女性的哀愁。」

陶冬葵點點頭，「當然，我再了解不過了，這年頭事業線當道，像我們這一型的壓根兒沒機會。」

「沒錯！現在的年輕女孩幾乎都把事業線留著談戀愛用，像我們這種型的只有望線興嘆的份，再加上我身形比較高壯……」周雪若對於事業線當道的情況也很有

感觸。

「妳們兩個別這麼說，感情是靠緣分的。」常倩安慰道。

「我看吃完飯她們大概就要去結拜了吧。」穆向桐對著杜隱元說，男人通常搞不懂女人的友誼。

「好主意！」沒想到常倩竟對這建議拍手叫好。「我可以當見證人。」

「是啊！我跟陶老師雖然才認識不久，但我發現她是個非常有見地的奇女子，看法跟個性都和我很合耶！」

「既然談得來，那更應該慶祝！」陶冬葵大方道。

「沒錯，來慶祝一下，要認識個性相投的人確實不容易。」常倩喚來熟識的經理，「我們要加點。」

「好的，要不要來點梅子酒？我看這位小姐已經喝了一整壺了，這是我們跟中部果農合作生產的梅子酒，在外頭可是喝不到的，很好喝吧？」笑容可掬的經理對著陶冬葵道。

「什麼梅子酒？」

「就是這壺。」經理指著那特別打造過的玻璃瓶身。

陶冬葵瞪大了眼，驚覺剛剛一杯接一杯喝下肚的，就是經理口中的梅子酒，難怪她越喝越high，整個人像是被點了老實穴一樣，在學生及家長面前什麼心裡話都說出來了，這下……

「這很不錯對吧？」穆向桐在這時順勢插了把刀在她身上。「酒後吐真言，我相信妳要是常這麼勇於敞開心房，用不著事業線，妳在婚姻市場裡還是大有可為的！」

第三章

經過那次晚餐之後，陶冬葵和周雪若成了好朋友。一樣都是單身女性，加上觀念相同，所以一有什麼好康的，周雪若也會馬上通知她，就像今晚的晚宴，聽說不少政商名流會出席，而且正值適婚年齡的男人還不少，所以周雪若狂call陶冬葵非得到場不可。

「我沒有時間啦。」陶冬葵想婉拒這項邀約。

「時間這種東西就跟乳溝一樣，擠一下就有了！露露面總比連個機會都沒有好吧？妳別忘了我們時間不多了。對了，別忘了把妳的事業線帶出來，讓老闆看看妳一點都不腐朽！」

陶冬葵想了想，決定跟她去湊湊熱鬧，而且穆向桐的「腐朽論」著實惹惱她，她也想好好打扮一下，不做點努力真的會對不起自己。

「說好的事業線呢？」周雪若一見她就問道，滿臉的不認同。

陶冬葵低頭看看自己，她是很有心要打扮，但她的教師衣櫥裡真的撈不出幾件上得了檯面的衣服，白襯衫加黑窄裙已經是她的極限了。

「好歹釦子可以少扣幾顆吧？」

「裡面冷氣很強。」她想也不想的就找出藉口。「我還得上課，要是感冒講不出話就麻煩了。」

「冬葵，怕冷是當不成辣妹的。」周雪若對她搖搖頭，一副她沒救了的表情。

「我現在已經呈現半放棄狀態了，倒是對妳那個人工受孕計畫比較有興趣。」

前幾天，周雪若提到如果一輩子都找不到適當的人戀愛，她打算趁著還生得出來去做人工受孕生個孩子。陶冬葵想想這計畫不錯，如果真走到這地步，跳過戀愛的過程擁有一個孩子也是個辦法。

「那可是個很大的決定喔！對我來說比較容易，妳為人師表可能壓力會比較大。」

「當然，只是孤單的老死我也不願意，加上我是很愛小孩的人，就這麼過一生還真鬱悶。」

「所以我今晚才要妳出來，為自己找點機會，不過今晚我老闆也會來。」

得知穆向桐也會到，陶冬葵忍不住說出心裡話：「說實話，我真的不喜歡妳老闆。」

「我相信還是有很多女人喜歡他的，他就是嘴巴壞一點、個性糟一點、脾氣差一點，其他方面倒很受女性歡迎。」

「嘴巴壞、個性糟、脾氣差，這三點還不夠嗎？他除了長得能看又有錢以外，還有什麼優點？」

「嘿！妳不能不承認這年頭這兩項優點就算只擁有一項，就可以打死他其他的缺點了。」

她說的沒錯，陶冬葵也明白這年頭就是這樣，男人有錢就像女人擁有事業線一樣，通常會受到異性的歡迎，就像剛才一走進會場，放眼望去那些穿著小禮服、露著深長事業線的女人，低頭看了自己身上的裝扮，陶冬葵突然有種臨陣脫逃的衝動。

就在她為自己的打扮擔心時，周雪若也向她提出了相同的疑問。

「我這樣可以嗎？」她擔憂的問著好姊妹。

「哇！妳感覺事業做很大喔！」陶冬葵忍不住笑道。

周雪若豪爽的聳聳肩，外加多擠了一下自己的乳溝。

「我就是有這個氣魄！再說我比妳大幾歲，等過幾年妳要還是孤家寡人，相信妳也會狗急跳牆的，只是妳還受困於那個教職的包袱。不過反正來都來了，用健康開朗的心態來面對，不是也很好？」

「唉，我看那包袱我這輩子是甩不開了。上回在杜雨澄的爺爺奶奶面前飲酒過量，我已經回家面壁半個月了。」

「妳別太在意，我覺得杜家人都能接受，尤其是倩姨，她個性也挺外放的。我看惹火妳的是我老闆那些風涼話吧？」

「那還用說！他一定是氣我潑他墨水吧？拚命的調侃我。」

「如果有女人被他這麼調侃一定很開心，妳算是異類。其實我覺得妳跟他在一起挺不錯的。」

「我跟他……拜託！妳跟在他身邊那麼久，妳還不明白他那種人只迷戀女人的事業線嗎？他哪個女朋友不是波神啊？」

「不過就是條線有什麼好迷戀的？」

突然一個熟悉的聲音自她身邊響起，陶冬葵嚇得差點跳起來，還沒回過神穆向桐就已經出現了。

「你……」她想也不想的補了一句：「我們不是在說你！」

「真是此地無銀三百兩。」穆向桐挑起一道濃眉，一臉的不信。

「我……」陶冬葵還想再解釋，但周雪若打斷她的話。

「對啦！就是在說你，你們男人全一個樣！」

周雪若平常在公司裡可是對穆向桐必恭必敬，但她在他身邊工作也有十多年了，私底下兩人有著像好友般的交情，尤其是提到男女朋友這類敏感議題，她可是只把他當男人而不是把他當老闆。

「幹嘛把對朱炮的氣發到我身上來？」

「我……我何必生他的氣，我跟他又沒什麼關係。」周雪若雖然個性直率，但終究還是有女人敏感的一面，「再說人家只懂得關注美女，哪輪得到我們這種小助理受矚目。」

「朱炮跟我說妳好像在生他的氣，但他不明白自己哪裡惹惱妳了，人家千里迢迢從上海跑來，妳何必這麼拒人於千里之外！」

「我沒聽錯吧？你是在為某位男人來說情的嗎？」陶冬葵沒想到這些話是出自穆向桐口中，她以為像他這樣的人是不會理會助理的感情問題。

「我只是覺得朱炮人還不錯，上海男人對老婆特別溫柔，妳們女人不都吃溫柔那一套嗎？」

「我不過跟他吃過一次飯，他跟別人可不只是吃飯那麼簡單。」

「所以吃醋了就放棄？」穆向桐一臉不認同。

「誰吃醋了？」周雪若個性海派，不允許這麼小家子氣的罪名套在自己頭上。

「那就大方點過去打個招呼。」

「他現在正忙著跟露溝的購物台主持人聊天。」

周雪若一進來就看到那個矮胖子在跟那整型狂聊天，虧她當初和朱炮吃飯時對他印象很好，雖然他個子比她矮了些，但講起話來卻是意外的溫柔親切，他們還用手機在網路上互相關注了對方，哪知她回到家想給他留個訊息，仔細一看卻發現和他互動的對象幾乎全是女性，更該死的是感覺起來都非常曖昧。

搞半天人家對所有女人都是一樣，虧她還想著好不容易終於找到了個願意把她當真正的女性看待的男人，哪知道她並不是唯一一個，這讓她決定與朱炮保持距

離。

「最近朱炮代理一款護膚產品，所以比較常跟女性客戶接觸，這也無可厚非。妳這樣對人家視而不見，不覺得擺明了是在吃醋嗎？」

「哼！我哪是這種人！」周雪若禁不起他激，立刻邁開腳步朝朱炮走去。

穆向桐見她離開，唇角揚起微笑，但眼角餘光卻瞄見了陶冬葵正皺著眉看著他。

「有什麼不對嗎？」他回望著她問。

「你改姓喬，當起太守了嗎？」

「他們郎有情，妹有意，就缺人推上一把，我不是在亂點鴛鴦。」

「是被冤枉的冤鴦吧？」

「我以為妳會說我並不是那麼不近人情的老闆，我知道她感情空窗很久了，這或許是她最後一次機會，畢竟能讓雪若看上眼的男人不多，我可不想背上耽誤她青春的罪名。」

穆向桐為自己的行為做出解釋，上回在餐廳裡，陶冬葵斷定就是他耽誤雪若的青春，這下可以證明他還是有在為雪若考量終身幸福的。

「算了！我對你不該有太多意見，只是這真的一點都不像你的作風。」

「我知道妳對我有很深的成見。」明知自己沒理由一直在這兒跟她說話，但穆向桐就是不想離去，也許是那天她談到自己感情觀的那種坦然態度讓他感到敬佩，雖然那是酒精催化下的效果，但這位看似保守的女老師，談起感情那堅持的態度讓他覺得很有趣。

「你不也一樣嗎？」

「妳在意我的看法嗎？」

「我知道你在女人方面很吃得開，女人在你面前也都會表現得溫柔有禮，我也知道我應該在所有未婚男人面前裝出一副宜家宜室的溫順樣，但是只有我跟你的時候，我懶得來這一套。」

若是以往在這麼帥氣逼人的男人面前，陶冬葵恐怕早已心裡小鹿亂撞到不知如何言語了，但大概是知道自己在穆向桐面前形象早就沒了，她對他也沒什麼好說不出口的了。

「我以為妳只有喝了酒才會坦白一些，沒想到妳沒喝酒時也是這樣。」

「不，我只是很明白，在你面前演戲也是白演。」

「所以妳承認在男人面前，妳都是裝出一副好媳婦姿態嗎？」

「當然不是，我是扮演著好情人的角色。你還是一樣把女人當成只想結婚的動物！」都說過幾次了，他那豬腦袋就是轉不過來。

「但終極目標還是結婚。」

「才不是！終極目標是找到相愛的人。都說過幾次了，那天還解釋了一整晚，結果你壓根就沒聽進去。哼！算了，你這種朽木是不會懂的。」

還說她是腐女咧，他自己還不是朽木一塊！

陶冬葵臉上的表情變化萬千，一下瞪眼，一下皺眉的，這跟穆向桐平常交往的那些打多了肉毒桿菌在臉上的女人完全不同，反而增添了幾絲趣味。

「妳是老師，我以為妳應該要有教無類不是嗎？」

「你哪需要我教？我又不是沒聽過你的名號有多響亮？」

「那只是虛名。」

看他臉上那壞壞的淺笑她就有氣，第一次見到他時，還以為他是個不苟言笑的人，顯然外界對這位神祕又多金的男人有著很大的誤解，他的確是長得不錯，如果年輕點搞不好還可以去演偶像劇，但他這年紀的男人這時候才是最有魅力的，少了

偶像派的流裡流氣，多了幾分成熟穩重，或許他根本不用去追，自然就會有女人送上門來。還好她天生對這種帥哥沒感應，她喜歡的男人都是屬不醜，但純粹只能用忠厚來形容的那類。

「妳再這樣看著我，我會以為妳在對我放電喔。」

「哈！」陶冬葵毫不客氣的哼了聲。「你的想像力太豐富了，我們是兩個不同世界的人，道不同，不相為謀。」

「不是都已經把誤會解開了，你們還沒化敵為友啊？」常倩的聲音突然從陶冬葵身後響起，嚇得她震了一下，手上裝著氣泡飲品的杯子也震了一下，奇怪的是她不覺得自己有彈跳起來，但杯裡的液體潑了出來淋了她一身。

「哇！我有這麼可怕嗎？」常倩一身高貴典雅的打扮，笑吟吟的表情總讓陶冬葵感到不安。

「不、不是，我只是……」怎麼不是呢？上回在餐廳裡，她因為喝多了酒，掏心掏肺的對常倩說了一堆自己的感情觀，回到家照了鏡子才發現她臉紅得跟什麼一樣。竟然在學生家長面前如此失態，簡直丟盡了為人師表的顏面，所以今晚她只敢

喝氣泡飲料。

「倩姨，不好意思，上回我真的喝太多了。」

「哪有啊，我們聊得很盡興，妳也多了個好姊妹，我剛剛看到雪若跟朱先生聊得很開心呢。」

「是嗎？」陶冬葵往周雪若的方向望去，才不過一會兒光景，原本還拗著脾氣的周雪若，竟然笑得像個初戀的小女孩，那模樣讓陶冬葵跟著傻眼。

「看吧，我就說他們有機會。」穆向桐在這時候插上這句話。

「你要不要乾脆改行開婚姻介紹所？」

「不，謝了，我還挺滿意現在的工作。」

陶冬葵白了他一眼，卻見他視線落在自己的胸口上，正要問他在看什麼，他卻先遞來一條手帕。

「我覺得妳應該要先整理一下自己的儀容。」

陶冬葵低頭往下看，才發現剛剛灑出來的飲料在她胸口暈成一片，濕了的襯衫顯得有些透明，而且貼合在她胸口的曲線上……天啊！怎麼會這樣？

穆向桐見她一把奪走他的手帕，接著就往化妝室方向快步走去，留下他和常倩

兩人面面相覷。

「你也覺得這位女老師很有趣吧？」常倩一臉精明的問。

每次遇上她，穆向桐都覺得自己有種要被暗算的感覺。

「她是很有趣，我想我們都聽過她的愛情觀，的確天真得很有趣，不是嗎？」

「你多久沒談過這種天真單純的戀愛了？」

「妳打算湊合我跟她，這意圖也太過明顯了吧？」穆向桐直接點破。

打從上回一起吃飯，常倩就不時想將他和陶冬葵湊成對，相較陶冬葵遲鈍得感覺不出來，他可沒那麼呆。

「這不是個好主意嗎？」

「妳從哪點看出來她適合我了？」

「她沒有哪一點不適合你啊，更何況我看得出來你很適合她。」

「倩姨，妳想太多了，我從來沒跟那型的女人交往過。」

「那豈不是更應該試試嗎？」

「我可不要拿自己的感情生活來做實驗。」

「哈哈！你真的擁有過感情生活嗎？你知道愛情是什麼嗎？」常倩用笑聲來掩

飾話語裡的嚴肅。「被人愛過跟真正去愛一個人是兩回事，愛情不只有單方面的付出，雙方有真正的交流愛情才能成立。」

「倩姨，妳對我的感情生活好像一直很熱心。」

「我只是看出了些什麼，就像你看出了雪若跟朱先生有機會，我也只是說出我看到的。」常倩維持著一貫的笑容，只是眼神透露著銳利，突然她挑高一眉，「你啊，不有點行動也不行了，看來別人也對她有興趣！」

穆向桐順著她的目光看去，果然看到陶冬葵的身影，看樣子她衣服上的污漬是清理好了，正在跟她說話的人是社交圈裡有名的「一夜浪子」蕭伯華。也不知道蕭伯華對她說了什麼，只見她摀著嘴笑了起來，這一笑原本拿著紙巾護在胸前的手也跟著舉了起來，即使站得遠遠的，穆向桐都看得到她那原本一顆顆整齊扣好的衣釦解開了好幾個，雖然她那身白襯衫加黑窄裙看起來實在平凡得無趣，但解開了幾顆釦子效果就完全不一樣了，性感程度比那些穿著低胸露溝的名媛更加迷人。

「蕭伯華那傢伙什麼人他都要，這不是眾所皆知的嗎？」

「我知道他是沒你那麼挑啦，不過以他『一夜浪子』的名號，的確是需要不少新貨來補足他的每一夜。」常倩故意這麼說，試著引出穆向桐的騎士精神。

蕭伯華曾誇口他只玩一夜情，是個不願有感情負擔的男人，這是認識他的人都知道的。他坐擁上億身家，足夠他吃喝不盡，因此玩樂一輩子也成了他的終身職志，外表雖稱不上帥氣十足，但五官正常加上四肢健全，即便花名遠播，照樣有不怕死的女人想飛蛾撲火。

「倩姨，妳期待我去救那位純情女老師嗎？她都幾歲的人了，我不可能會去喜歡蕭伯華用過的玩具。」

「你的意思是不會有騎士去解救她了嗎？」

「據我所知，蕭伯華可是很多女人眼中的騎士人選。或許人家心甘情願，並不是每個女人都想被救吧。」

穆向桐拉回了停在陶冬葵身上的目光，飲盡手中的香檳，瀟灑一笑就離開了，留下常倩一人待在原地瞪著他。

哼！你不救，我救！虧她還故意讓冬葵的釦子掉了幾顆，讓她也拿出事業線來亮亮相，事實證明她身材真的很有料，怎麼這樣還是不夠吸引穆向桐呢？下次得改用其他方法試試了。

常倩板著臉走到蕭伯華跟陶冬葵身邊，只聽見蕭伯華不停的讚美陶冬葵氣質清

新。

「難怪，原來妳是老師啊！我就覺得妳的氣質跟在場的女人不一樣。」

「對對對！她氣質好，所以不是你這位一夜浪子可以把得上的！她要的是愛情，不是你能給得起的。」常倩硬是插了進來，完全不顧自己是大老闆的妻子該表現出高貴氣度，直接就幫蕭伯華給破了梗。

「什麼？」陶冬葵傻眼，本來還以為總算在這裡認識了條件不錯的男人，沒想到竟然是個「一夜浪子」，這四個字聽起來實在不怎麼光彩。

「別那麼驚嚇，這傢伙我來處理就行了！」常倩一副沒什麼好大驚小怪的語氣對著一臉惶恐的陶冬葵道。

「杜夫人，妳這麼說真是太讓我傷心了。」眼看到口的肥肉就要飛了，蕭伯華一臉無奈。

「你一天傷心一次應該已經很習慣了，不差這個啦！」常倩瞪了他一眼，拉著陶冬葵邊走邊叮嚀：「妳啊，要找好男人眼睛就得睜大點，跟著我，我一定幫妳找到最好的！」

第四章

一進辦公室，穆向桐就覺得不一樣了，周雪若雖然極力掩飾喜悅的心情，力持鎮定，但一向淡定的眼神卻帶了太多歡欣，完全透露了她的心情。

見穆向桐進來，她立刻起身報告今日行程，講完了落落長的行程表，穆向桐瞥了她一眼。

「平常工作加班，可沒見妳這麼開心過。」

「開心？我有嗎？」周雪若扶了下眼鏡企圖藏住幸福。

「幹嘛不痛快的承認最近跟朱炮打得火熱？」

「你……他跟你說的嗎？」

「他送我一張高爾夫球場的會員卡，雖然我沒時間打球，但我知道那張會員卡可不便宜，說是謝謝我幫他找到了好老婆，我在想這是否意味著我要找新助理

了？」

「他已經跟你提過結婚的事了？」周雪若的眉毛簡直興奮的快飛走了。

「我想那是遲早的事，我只想知道我要不要換新助理？」

周雪若清了清喉嚨，「老闆，你知道我沒工作不能活的，我可是現代女性，就算結婚也得擁有自己的事業。」

「據我所知，女人談起戀愛就會跟著走樣不是嗎？」

「那不會是我啦！朱炮大多數時間都在台灣工作，要嘛他就跟我定居台灣，我是不可能放棄工作跟他回上海的。」

她已經跟朱炮說好了，她是獨生女，要她丟下老媽嫁到上海是不可能的，什麼嫁雞隨雞？這年頭已經沒這回事，老媽費心養大她，可不是要她嫁了人後去服侍對方一家子的，她有責任照顧自己的母親。

朱炮了解她的心情，也欣賞她的孝心，自然不會強迫她得跟著到上海。

「妳真的吃定了他。」

「他要乖乖被我吃得死死的，我又有什麼辦法？」周雪若臉上出現得意的神色。

「真想不透怎麼會有男人吃妳這套？」

「朱炮是懂得珍惜女性，哪像你啊，那天你明明看到蕭伯華接近冬葵，你怎麼沒幫忙？」

「我那天做的善事已經夠多了，妳不會忘了妳跟朱炮就是那天用掉我善心額度的對象吧？」

「我知道啊……」周雪若一想到老闆的確有恩於自己，聲音跟著弱了下來，「不過善心總是無限嘛！哪有什麼額度可言。」

「幫過那個姓邱的之後，我就知道有些事是要適可而止，再說陶老師年紀也不小了，若是輕易就被騙，那也是她自找的。」

「她哪知道蕭伯華花名在外，不說穿的話誰也不知道他骨子裡花心又浪蕩，那天要不是倩姨出手相救，搞不好冬葵這下就要去跳河了，她可是很純情的。」

果然，他算準了倩姨不可能坐視不管，他一走，倩姨不是就去救人了嗎？穆向桐在心裡暗笑著。

「很純情的想戀愛跟很純粹的想一夜情，他們兩個這樣不是很搭嗎？」

「老闆，這哪裡搭啊？冬葵是好人，她應該得到更好的男人。」

「那她大可以拿出她的愛心來感化蕭伯華，像那種愛心無限的人，最愛這種需要被拯救的男人。」

「我看你才需要被拯救！總之，你就是看不起那種純情女。」周雪若白了他一眼說出結論。

「妳和倩姨該不會聯合起來想把我跟陶冬葵拉在一塊兒吧？怎麼老是在我面前談她？」

「倩姨是有那念頭，但我很清楚，強迫是不會有希望的。」

「算妳還有理智。」

「沒辦法，身為這世上在你身邊最久的女人，我很清楚冬葵那個把事業線藏得密不透風的保守派，是無法滿足你的。」

穆向桐默然，顯然周雪若陶醉在新戀情裡，並沒有注意到陶冬葵的事業線已經在他面前曝光過了。

說也奇怪，那驚鴻一瞥的畫面，竟然深烙在他腦海裡，難不成他真如周雪若所說，眼裡只有事業線那條陰影嗎？不是的，他從來不覺得自己是只看事業線挑女友的人，但回想起歷任交往過的女友，的確個個都是波濤洶湧的角色，這似乎說明了

他的確是吃這一套。

「你有沒有在聽我說話？」周雪若連喊了他兩聲。

「說什麼？」

「我跟朱炮決定速戰速決，只要我們有時間就會去登記，但是我們想先辦個私人婚禮派對，時間是明天晚上，我已經預留了你的份了。」

「連問聲有沒有空都沒有，先斬後奏嗎？」

「我查過了，你明晚沒事，再說身為媒人的你，如果沒到場也太不負責任了。」這就是身為貼身助理的好處，穆向桐的行程表可都是她安排的呢。

「媒人還得負責任？接下來妳不會還要求我得包妳生男孩吧？我記得妳以前常嚷著要去生小孩的事。」

「在生命裡沒有出現重要人物之前，會想創造個人來愛，但現在我的真命天子已經現身，我也有了關注對象，目前我跟朱炮暫時沒有生小孩的打算，我們要先享受一下兩人世界。對了，明晚冬葵也會來，拜託你放下成見，與她和平相處吧。別再拿她之前的言論來笑她了，冬葵其實是個很正經的人，你知道要一個人那樣坦白說出自己的想法並不容易，結果她說了的下場是被你無止境的訕笑，這實在有點不

像你。」

「不像我？妳覺得我該是個善心人，鼓勵她朝她的夢想邁進嗎？」

「你不想當善人也沒差，問題出在你在冬葵面前表現得像是個想捉弄女生的小學生，一點都不像你這年紀和地位該有的表現，所以倩姨才覺得你嘴巴上說不喜歡，其實心裡對她還是有好感的。還是扭轉一下你的形象吧，大老闆。」

❀ ❀ ❀

三小惡霸集團最近少了一員，邱雅婷已經三天沒來上課了，這消息讓那些討厭她的老師樂開懷。

「反正那種學生不來也好，這樣學校裡也少一個禍害！」

「對啊！少一個是一個。」

穆向桐表態不再管邱雅婷的任何事，邱雅婷的母親也不知在何方，加上老師巴不得那個問題學生別來上課，對她的去向也顯得漠不關心。

「等相關單位去訪察後再回報就好了。」平常被她害得很慘的導師一點也不想涉入，甚至沒打算去找她。「陶老師，當初害妳班上那個女學生的就是她，是她把

影片上傳到網路上的，她現在不來學校了，妳應該很開心吧？」

陶冬葵搖搖頭，傷害已經造成了，她哪開心得起來？而且邱雅婷現在人不知去向，一個十幾歲的孩子，能上哪去？

其實她很想私下問問周雪若關於邱雅婷的事，她是唯一和邱雅婷接觸最多的人，但今晚她可是主角，因為今天是她的大喜之日。

一切真給穆向桐說中了，朱炮還真是周雪若的真命天子，一個月不到他們倆就決定要共度一生。

比朱炮高了半個頭的周雪若照樣要穿高跟鞋出場，除此之外，她還破天荒的穿上比較正式的小禮服。

「這可不是我的風格，但朱炮說我們這輩子只結這次婚，還是要留個紀念，他都已經順我的意沒辦婚宴了，這種派對他希望我穿得正式點，這個願望我總得幫他實現，不過就是為他穿件小禮服，很簡單的！」雖然周雪個性大剌剌的，但為了朱炮這回她可是犧牲到底了。

「那為什麼連我也得跟著穿呢？」陶冬葵苦著臉看著鏡子。

「因為我一個人穿這樣很尷尬啊！」周雪若說得理直氣壯，雖然只個小派對，

但朱炮的朋友也不少，婚禮變派對已經很簡化了，新娘不能一路寒酸到底，只是就只有新娘穿著小禮服實在太尷尬了，她非得找個人來陪不可，而她最要好的女性友人當然得跟著下海。

「朱炮可是請他的好朋友設計師幫忙趕工，雖然不是買的，但也是這家知名婚紗公司的第一手禮服，妳不妨當做預習，穿習慣了下個搞不好就是妳啦！」

「我連個對象都沒有，哪有什麼好預習的？」陶冬葵在婚禮祕書的幫助下套上伴娘禮服，哪知才剛套上就發現胸前也太清涼了吧！

「雪若，這衣服太露了啦！妳應該要找我去試穿，怎麼弄這種衣服給我？」陶冬葵簡直嚇傻了。

「現在的禮服幾乎都是這樣啦！要找件沒露事業線的反而不容易，時勢所趨，妳就接受現實吧。而且這跟妳上次穿的『白荷女』比起來只是小菜一碟啊！」周雪若倒是說得很輕鬆自然。

「妳明知道我對這種衣服的接受度不高。」陶冬葵皺眉瞪著鏡中的自己。

「誰叫妳那天要上課沒空陪我去挑，因為倩姨跟這家公司很熟，所以我請倩姨跟我一起去挑，我們倆可是千挑萬選才挑中這件的，這年頭露事業線已經是主流

了，想要找件包緊緊的反而還不容易，我已經盡力了！妳看我上次一露事業線就把朱炮給把回來了，顯然這招還是有點用，再說妳的事業線也該出來透透氣了。」

「它不需要出來透氣好嗎？」天啊！雖然談不上是露得誇張，可是這從來都不是她的風格啊！

「這樣很好看，妳別擔心，本來還替妳準備了胸墊，但還沒墊效果就這麼好，這件禮服真的很適合妳，妳穿起來真的很好看！」一旁的新娘祕書不停的幫陶冬葵洗腦。

「她用不到？那給我墊！」周雪若立刻伸長了手，向婚禮祕書討來兩個墊子往胸部塞。「冬葵，妳有點義氣好不好？妳都可以幫學生穿『白荷女』了，今天是我的大喜之日，妳就義氣相挺吧！妳只要陪我穿著禮服出去就行了。」

也是啦！今天周雪若才是主角，她這樣緊張兮兮好像太過自我感覺良好，搞不好根本不會有人注意到她，而且伴娘的職責不就是陪新娘嗎？她不過就是個陪襯的角色而已。

深吸了幾口氣，陶冬葵發現吸氣時還真引人注意，只好連呼吸都稍做控制，反正人已經來了，也只能硬著頭皮度過這一晚了。

❁ ❁ ❁

果然，新娘一現身立刻引起全場的熱烈掌聲，個性豪爽的周雪若難得穿得如此女性化，一開始她還帶著一點新娘的嬌羞，但不到十分鐘她便適應了派對的氣氛，幾個朱炮的朋友打算要好好灌新郎幾杯，馬上就被人家的新婚妻子攔了下來。

「要灌我老公，先過我這一關！」周雪若拿出女主人該有的架式，豪氣萬千的跟賓客乾起杯來。

「朱炮，難怪你喜歡她，這位大姊簡直是哥兒們來的！」

正因為周雪若那豪爽的個性，讓派對裡的氣氛一直處於很high的狀況。

穆向桐很難不去注意到同樣穿著小禮服的伴娘陶冬葵，站在周雪若身邊更顯出她的纖細和柔美，尤其她身上那套令她曲線畢露的禮服更是吸睛，雖然殺傷力不似之前讓她出名的「白荷女」那麼強，卻已經足夠讓在場的男士斃命。穆向桐能看得出來周遭的男性同胞眼神不時往她身上飄，這下她倒真有了些「白荷女」的神祕吸引力了。

只是她自己似乎不習慣這種受矚目的情況，打從周雪若卯起來跟大家乾杯後，

有人提議要把伴娘拉出來一起灌，陶冬葵就很機靈的溜了，只是溜得不夠快，讓穆向桐看到她躲在哪兒。

「妳不是伴娘嗎，怎麼自己躲在這兒？」

原本想躲起來的陶冬葵聽見問話聲，不禁嚇了一跳。

她一手撫著胸口，回頭一看原來是穆向桐，稍稍鬆了口氣，大眼還小心的瞄了瞄他身後的人群，確定了自己沒被發現。

「你別嚇我，不要害我被人找到！」

「怕了是吧？」

「怎麼不怕？我可沒有雪若的好酒量，更何況我也不想穿成這樣出去陪酒，我怎麼看都不像是那塊料。」

她倒是挺有自知之明的。穆向桐認識很多明明玩不起又想出風頭，結果把自己搞得名聲敗壞的女人，所以陶冬葵這點倒是讓他挺贊同的。

「朱炮的朋友都挺風趣的，就是有時會玩過頭，不過還好有雪若在，她一擋十都沒問題，所以他們這方面挺相配的。」

「沒錯，他們兩個完全是互補型的人物，原本還想他們怎麼會兜在一塊兒，但

跟他們越熟越覺得他們真是天生一對。」

「妳為什麼不直接說我眼光好？」

「你又要邀功啦？」陶冬葵做出受不了的表情。「也要他們自己對彼此有好感才配得起來。」

「我就是一眼看出來他們對彼此有好感。」

「對對對！你最厲害，觀察力入微的穆先生，我還是別跟你爭辯了，難得有機會參加派對，我不想把時間浪費在跟自己立場完全不同的人身上，爭論那些與我其實沒什麼關係的事。」

說真的，要不是雪若，她也不用到這種地方來，而她和穆向桐的生活本來差距就大，甚至連觀念都不盡相同，每次說沒幾句話就開始爭論起來，最後總是不歡而散，即便穆向桐是派對裡她唯一較熟識的人，她也寧願選擇躲在角落誰也不搭理，總比跟他吵起來要好。

「我還以為妳是個很熱心的人，妳不也為了那些學生盡心盡力嗎？」

陶冬葵也可以和其他老師一樣選擇明哲保身，但她沒有，她一再的找上他，不就是為了那些與她自身利益無關的事嗎？

經過他的提醒，陶冬葵想起了邱雅婷的事；穆向桐真的說對了，她確實有時雞婆得連她自己都有些受不了。

這陣子邱雅婷都沒來學校，她真想問問他關於邱雅婷的事，但她明白穆向桐在這事件中也是受害不淺，這時候問他好嗎？

「真的不想跟我說話了嗎？」穆向桐察覺她神色有異，猜想是不是真如周雪若所說，他的話聽起來像是在欺負陶冬葵？「好吧，我盡量不跟妳起衝突，妳就說說話吧！看在我今晚也不想喝酒的份上，我們就和平相處。」

「你……你跟那孩子的母親有聯絡嗎？」

穆向桐還以為她會說出什麼，沒想到她一開口就是那個惹禍精。「妳指的該不會是邱雅婷吧？」

「對啦……」見他眉尾一揚，陶冬葵就知道自己問他這問題實在不智，要問也該去問雪若，畢竟一直以來都是雪若在跟邱雅婷聯繫的，只是雪若最近忙著婚事，她沒有機會問。「我知道你不想提這個話題，你不想說就算了。」

「她又怎麼了？」

沒想到他竟然有回應？陶冬葵小心翼翼的看了他一眼。

「聽說她好幾天沒到學校上課了，所以……呃，我只是問問。」

其實她很清楚在穆向桐這兒是不可能問得出什麼答案的，他也毋須為邱雅婷負任何責任，她真是傻了才會提起這個話題。

「她不是妳班上的學生吧？」

「是沒錯，但是我覺得好像都沒人關心她的去向……」

「所以妳就又發作了？」

什麼發作？陶冬葵揚起頭，眼神似射出利刃般凌厲，瞪了他一眼。

「我只是覺得她很可憐，沒有人關心她去哪裡了，她才十幾歲，萬一——」

「她不但霸凌妳班上的學生，還把整個過程放到網路上，妳居然還關心她的下落？」

「不然要讓她流落街頭、居無定所嗎？我就是知道你不會再管她的事了，少了你的撐腰，她在那幫人裡頭是沒辦法待下去的，因此我才更擔心她的情況。」

「那不是很好嗎？她繼續跟那些人混在一起，只會更糟！我本來就不應該當那些人的後盾讓他們仗勢欺人，這分明是間接陷我於不義。」

「你說的也沒錯啦，我只是……」

「只是愛心氾濫的毛病又發作了。」

沒錯！真給他說中了！而且她不但老毛病發作還問錯了人。陶冬葵突然感到懊惱。

「妳人生中難道沒別的事了嗎？比如為自己好好打算一下，而不是把所有時間都花在那些學生身上，付出關心沒有人說妳錯，這世上的確需要妳這種人的存在，但總有別的事更需要妳去做吧？」

「我能有什麼事……」陶冬葵低聲道：「你不老是嘲諷我的人生很無趣嗎？或許我花點時間關心別人，可以讓我多點事做，而不是整天等著從天上掉下一個人來愛我。」

要命！她臉上竟然出現那種我見猶憐的神態，再加上她身上這套女人味十足的裝扮，眼前的她不再是當初那位拿紅墨水往他身上噴的火爆女子，更糟的是，她這副模樣竟然很能打動他。穆向桐直在心裡暗叫不妙。

「前陣子斷了她的金援後，對於她的狀況我們已經不再過問了，或許她跟她母親在一起吧。」

「她媽媽還在，為什麼不自己照顧她呢？」

「有些人就是不負責任，或是根本負不起責任，妳可以選一個當答案。」

「或許有些人是身不由己。」

「更或許妳可以放棄去幫那些人找藉口，因為這些荒謬怪誕的事天天都在上演，除非妳沒在看新聞，否則妳會發現校園裡發生的事算輕微了，現實生活中更多妳無法理解的事不停的在發生。」

「我想你很成功的讓我覺得這世界有多黑暗，我現在真的需要喝一杯了。」

其實她不像穆向桐所想的那麼傻，她當然知道這世界有多糟，但她一直想努力的做點好事，這沒錯，只是太過天真了。

陶冬葵話剛說話，突然有群人闖進他們的兩人世界裡，歡樂的音浪打破了兩人之間的無語——

「伴娘在這裡啦！妳快去救救新娘吧，我看周大姊今晚打算要不醉不歸了，妳快去幫她擋幾杯吧。」

陶冬葵認命的點頭苦笑，反正都來當伴娘了，總不能一直躲著不現身。雖然有點擔心，不過她現在真的很需要喝一杯。

「要喝就走吧。」

出乎她意料之外的，穆向桐竟陪在她身邊，推開陌生人正要抓向她的手，一副護花使者模樣的護著她。

那動作讓陶冬葵很窩心，畢竟在這群人當中，她只認得穆向桐，雖然兩人還不算太熟，不過有他在總是安心些。

但她為什麼要對穆向桐感到安心？她不該對他有任何感覺才對！陶冬葵有些茫然，開始搞不清楚這人究竟是敵是友，但很明顯的，她對他的感覺已經不再像之前那般純粹了。

算了，還是去喝一杯好了！她要煩惱的事已經夠多了，千萬別再多加穆向桐這一項才好！

第五章

「不行！我告訴你們，陶冬葵是我周雪若的拜把姊妹，誰敢灌她就要先過我這關！」

周雪若拿出俠女氣勢，不但要救老公，還要救好姊妹，成了今晚的最佳救援王。

來的賓客這麼多，就她一個人擋得了全部嗎？當然不可能！這時候站在陶冬葵身邊的穆向桐就成了另一位救星。

常倩帶著笑容觀察眼前這對看起來不想扯上關係，偏偏又扯不開的男女。還說沒什麼，那怎麼又出來替美女擋酒？常倩就不信這兩人湊不成一對，連忙拉著老公上前跟這對怎麼看怎麼相配的男女敬上幾杯。

「老公，你看看冬葵身上這套衣服，是我陪雪若去挑的，很美吧！」常倩忍不

住要多提上幾句。

「陶老師不用打扮就是美人了。」杜隱元補上一句。

「女人都是要打扮的，今天晚上人這麼多，我聽到好幾個人在打探她了，說不定很快就要辦陶老師的婚禮了。」常倩跟著又說。

「才沒呢！」陶冬葵連忙揮揮手，對這話題有些不好意思，尤其她身上這事業線非常搶眼的伴娘小禮服已經讓她尷尬了一整晚，她真想說這種穿著從來都不是她的風格，但顯然常倩不這麼認為。

「妳就是太保守了，妳問問向桐，穿這樣多好看啊！有好身材就多露一點，又不是天天都這麼穿，有什麼關係？」

「他應該對我的服裝不會有意見吧？」陶冬葵偷偷瞄了他一眼，確實可以感覺到今晚很多人都在向她行注目禮，但她很確定穆向桐始終沒把目光停留在她的事業線上過。

穆向桐只是聳聳肩，不置可否。

「好啦！今晚都沒跟你們兩個喝到，我們先喝一杯吧！」

「喔……好。」陶冬葵拿著酒杯在手上晃得也夠久了，一直沒什麼機會喝到

酒，但遇上常倩總不好意思不喝。

杜氏夫妻一舉杯，她也跟著喝了一口，但才喝了一口就發現不太對勁，味道有些嗆，忍不住皺了下臉。

「怎麼了？」穆向桐注意到她的異樣。

「我記得妳酒量還不錯，上回我們喝了不少吧！」常倩藏住眼裡閃耀的小光芒，假裝沒事的繼續催她喝，「我先乾了！」

「嗯……好！」陶冬葵眼看常倩都這麼爽快的喝光了，她哪有理由再拖延，而且她酒量也不差，上次吃飯她喝了兩瓶梅酒都還能走得穩穩的回家，頂多就是話多了點，一杯紅酒應該不會有什麼事。

她鼓起勇氣把杯裡剩下的酒一飲而盡，隨即被嗆得說不出話來。

「太好了！妳果然也是很有魄力，跟雪若一樣。我看她今晚免不了要醉上一場，我跟我老公年紀大了，沒辦法在這種場合等太久，向桐，冬葵就麻煩你送回家了。」

這話一出，等同是將陶冬葵公開交代給穆向桐，那音量足夠其他人聽見，穆向桐突然有種被設計的感覺。

「倩姨……」陶冬葵被那杯酒嗆得沒辦法說話，整張臉跟著燒紅起來。

「好了好了！你們年輕人自己玩得盡興點，我們先走了。」

呵呵呵……常倩笑得一臉燦爛，因為她老早把冬葵手裡的紅酒改成威士忌，算準了冬葵之前喝過紅酒，再加一杯威士忌混著下肚，就不信這樣冬葵還能不醉。

朝兩人揮揮手，常倩帶著得逞的喜悅離去，留下陶冬葵和穆向桐兩人。

眼看陶冬葵被嗆得說不出話來，穆向桐跟侍者要了杯水讓她喝，並接過她手中的酒杯聞聞……這明明是威士忌！

陶冬葵灌完一杯水，但那嗆辣感還是直衝她的腦門。

「酒怎麼這麼嗆啊？」

「因為妳剛剛跟人家乾掉的那杯是威士忌。」

「什麼？」

「妳喝不出來嗎？跟之前的紅酒味道不一樣。」

穆向桐想不出來是在哪個環節出了錯，陶冬葵手上拿著那杯酒什麼時候換成威士忌了，他竟然完全沒發現。

「我還以為我有機會可以全身而退，看來……我這下真的很難脫困了。」陶冬

葵也覺得不妙了。

「全身而退？怎麼行啊！」周雪若不知已經敬完了幾輪，腳步踉蹌的跟新婚丈夫來到他們身邊，舉起酒杯就要乾。「我幫妳擋了那麼多杯，妳至少得跟我喝一杯吧，我難得可以結婚耶！」

已經喝開了的周雪若少了平常的冷靜和自制，拿著酒杯要跟好姊妹喝上兩杯。

「冬葵，妳是我的好姊妹，我希望可以把我的幸福分一半給妳，真希望妳也可以找到人愛，來！喝一杯！」

面對她這樣半醉又帶著真誠的話語，即便有點微醺的陶冬葵也忍不住接過她手中的酒杯，跟著又喝光了一杯。

「這樣喝不好吧？」穆向桐在一旁提點著。

「老闆，你敢擋酒？你也不想想我平常為你做牛做馬，把我的青春全奉獻在你公司裡，你今天也別想躲了，我一定要跟你好好喝幾杯。」

穆向桐知道周雪若鐵定是要喝掛了，連忙提醒新郎：「朱炮，你老婆快喝掛了。」

「我知道，我知道……她開心嘛！」朱炮的滿臉紅光已分不清是開心還是喝了

太多酒，但看向老婆的目光依舊帶著深情。

就是這一幕深深的打動了陶冬葵，沒想到好姊妹竟然可以嫁給這麼好的男人，她真是打從心底的為周雪若開心，索性又乾了眼前這杯。

「爽快！不愧是我的好姊妹！」周雪若拍拍她的肩，一副開懷的模樣。

「妳一定會很幸福的！」陶冬葵真心的對好友說。

「當然，我可是等了好多年才等到朱炮出現呢！冬葵，我答應妳，我一定會幸福的！」

現在是在上演女性義氣江湖大戲嗎？

穆向桐真想翻白眼阻止這兩個女人繼續義薄雲天下去，還好這戲碼也演不了多久，已經喝茫的周雪若不勝酒力，主動抱著老公說要去洞房了，惹得在場所有人哈哈大笑，這一晚的派對總算要結束了。

但接下來的考驗才正要開始……

❀　❀　❀

穆向桐也喝了不少酒，但不認為自己醉了，雖然眼前的美女確實容易使人迷

醉，尤其是喝了酒後的陶冬葵，像是變了一個人，少了那拘謹的假象後，她的話直接得讓他想笑。

「我慘了！」

「妳看起來的確不太妙。」

「我不應該喝這麼多，我應該要幫雪若才對，她可能需要我幫她換衣服什麼的……」即使她的手腳都已經發軟了，她還是先想到朋友。

「她已經喝掛回房間了，再說她有老公可以幫她，我想妳的重要性已經大減了。」

「對喔，朱炮看起來人很好，是很棒的老公人選。」

「妳打算在這裡跟我聊我的助理婚姻，還是打算讓我送妳回去？」

陶冬葵想了一下，決定選後者。「我要回家。」

「那就走吧。」

「但是我的衣服跟包包都在雪若的房間裡。」她一邊說臉上還露著傻笑。

穆向桐臉一僵，緩緩瞇起眼睛。

「你不要瞪我嘛！我又沒來過這種派對，我哪知道會這樣呢？原以為這是很簡

單的派對，只要穿得正式一點就好了，我還是生平頭一次穿上這種小禮服，真是超不習慣，可是雪若說她需要有個人陪她穿，我只好答應了。」

穆向桐沒有說出自己對這套禮服的讚賞，但心裡是帶些不認同的。

「妳也太容易被人說服了。」

「所以你覺得我穿這樣不妥當？」她看來有些難過，明明大家都說她這麼穿很好看的，可是從穆向桐的表情看來，他就是不喜歡，如果是別人也就算了，穆向桐是指標性人物，如果他覺得不優，那不就等同不及格了？

「我說過我沒意見。」

「你之前不是對我意見很多嗎？」

「雪若特別交代我要跟妳和平共處。」

「我就說嘛！雪若真的很照顧我。」陶冬葵臉上有著欣慰的笑容。「不過……原來你今天對我這麼客氣是看在雪若的份上啊，難怪了，我還在想你今晚怎麼如此平易近人呢！」

穆向桐避開她的話題，直接問她：「先跟我說接下來怎麼辦，妳有鑰匙嗎？」

「沒有，鑰匙在包包裡，包包鎖在新娘房的保險箱裡。」她睜著一雙大眼，看

起來像是清醒，但言語間卻和善可愛到一點都不像是之前和他針鋒相對的陶冬葵。

「妳不會要我現在闖進他們房間要妳的東西吧？」

「嗯，那樣確實不太妥當。」

「妳也知道啊？那不只是不太妥當，是非常的煞風景！」

穆向桐簡直要被她氣死了，怎奈她還一臉的平靜，完全沒想到事情的嚴重性，還一臉認真的說出好友的祕密。

「對啊！雪若跟我說了她為了今晚還買了一件新睡衣，這時候真的不方便去打擾他們。」

「我真的不想知道我的助理為了她的新婚之夜準備了些什麼……」

穆向桐不得不承認還滿喜歡她喝醉了後說話的模樣，感覺就像是個年輕又討人喜歡的女孩，而不是平常嚴謹的她。

「妳沒有備份鑰匙嗎？」

「有，我放在學校的辦公桌裡，另一份在雪若那邊。你知道獨居女生不適合把鑰匙藏在門前的地墊或是鞋子裡吧？那很容易被偷，因為有太多人藏在那裡了，反而更危險，最好是留給至親好友，這是雪若跟我說的，所以我跟她都有彼此的鑰

匙，以備不時之需，好有個照應。」
「那現在誰來照應妳？」
沒想到陶冬葵竟然答得理直氣壯：「你啊！你不是要送我回去嗎？」
「怎麼回去？妳認為我有可能為妳破門而入嗎？」
「那樣不好，會吵到鄰居，現在已經很晚了。」
虧她還可以理智的說出這些話，問題是她醉得連路都走不穩，也沒有鑰匙，她卻一點都不擔心，彷彿沒把他當男人看，一點也不認為自己有危險，這是她對自己太沒自信，還是對他太過信任了？
穆向桐只覺得今晚自己不會太好過，忍不住嘆了口氣，一把將她扶起來，他得為這女人找到今晚的落腳處才行。

❁　❁　❁

有些人喝醉了就睡覺，那算是有酒品的，有些人醉了則會一直盧，而陶冬葵是用著很理智又完全不討人厭的態度不停的對著他說話。穆向桐發覺這時候跟她說話還挺有意思的，少了那教師假面後，她變得既活潑又有趣，但不變的還是那善解人

意的個性。

他在飯店裡幫她找了個房間過夜，送她進房後，陶冬葵竟然像朋友一樣的跟他聊了起來，即使已經累了，但兩人卻一直沒停的聊著，他們明明不該像是這麼有話聊的朋友，可是誰也沒讓沉默填住空檔。

「所以你就一路幫她付錢嗎？你不覺得這有點奇怪？」陶冬葵問起了他當初幫助邱雅婷的過程。

「就算覺得奇怪又能如何？她母親把她扔了就走，總不能讓她餓死。」

「嗯，我知道你很善良。」陶冬葵像是在對小孩說話一樣，摸摸他的頭，一副讚賞樣。

要不是她現在喝醉了，穆向桐一定馬上把她的手拍掉，至少有三十年沒人敢這樣摸他的頭了，可是這動作她做來卻是如此自然不做作，他本想狠狠瞪她一眼，但一遇上她那迷濛的雙眼，他就打消主意，想看看接下來她還會說些什麼。

「我很想有小孩，每次看到有人把自己的孩子丟了，或是生了孩子卻不肯好好教育，我都會很生氣，我可能一輩子都不會有小孩，但那些有孩子的人卻不懂得珍惜。」

「以妳這種交男朋友的速度看來，妳到了更年期都不會有男朋友。」

「你說話好傷人。」

她委屈的表情竟讓穆向桐覺得自己真說錯了什麼。

「妳應該知道我只是想鼓勵妳在交朋友方面要多加油吧？」

「嗯，我漸漸明白你的話有時實際得讓人有種被刺傷的感覺。」

「妳被我傷害過？」

「當然，像你這樣的男人說話是很具指標性的，雖然我可以假裝不當一回事，但心裡難免會覺得難過。比如你嘲笑我的感情觀，你當然能笑我太天真，可是我只是想好好談場戀愛，而不是這邊試試那邊試試，把自己搞得閱人無數，即便身經百戰又能得到什麼？」

「不入虎穴，焉得虎子？」

「幹嘛要去搶老虎的小孩呢？」她認真的道：「我一直覺得這句話有問題，拿到了虎子要燉大補湯嗎？那也是母老虎的小孩啊。」

即使她說話時態度仍然正常，但這話讓穆向桐覺得她是真的醉了，連忙清清喉嚨免得自己笑出聲來。

「妳應該休息了，時間不早了。」

「好，我躺這裡。」陶冬葵掀開被單躺了進去。「你也會在這裡吧？」

穆向桐本想離開，但聽到她這句問話，他竟然跟著應了句不該回的話──

「嗯，我睡沙發。」

「不好意思，你應該可以回家睡覺的。」

「算了，妳睡吧。」他怎能就這樣離開，讓她一個人待在這兒，即使她看起來不像是喝醉的人，但若他前腳一走，壞人就來按門鈴，她這樣醉茫茫的開了門，要真出了事，他怎麼跟周雪若交代，再說那個讓人骨子不時發毛的倩姨也不會放過他吧？

穆向桐試著不那麼溫柔的替她蓋上被子，但動作遇上了她就莫名的變得輕柔起來，他也搞不懂這是怎麼回事，不過當被子蓋住她的胸口後，他不禁鬆了口氣，至少他可以脫離那事業線的引誘。

「其實我跟雪若之前討論過，如果我們一直找不到適合的對象，那就存錢去做人工受孕，至少我們可以擁有自己的孩子。」

才想走到沙發去躺著，沒想到陶冬葵竟在此時迸出這句話來。

「妳說什麼？」

「現在國外很多這種服務啊！我跟雪若都有這個打算，而且我也上網查過了，有很多未婚女性到國外去植入胚胎，只是要花不少錢，但如果我省一點還是可以負擔得起。」她睜開眼睛，臉上有著得意的神色，彷彿為自己找到了解決之道。

「妳是認真的？」

「越來越認真了，但那是逼不得已的下下策，孩子能有父母當然是最好，如果沒辦法，我想我也是可以一個人把孩子帶得很好。」

「妳是老師，妳覺得大眾可以接受妳的未婚生子嗎？」穆向桐坐在床邊，低頭看著她的表情，想確定她話裡的認真程度。

「以台灣目前的離婚率來說，你覺得那很重要嗎？學校裡也有離了婚的老師，人家也是活得好好的，怎麼不結婚的反而要被歧視？更何況如果我年紀真的很大，到時候也許我就不在意大眾的觀感了，人總要為自己的夢想做一次勇敢的決定。」

「那愛情呢？愛情不是妳的夢想嗎？」

陶冬葵眼裡有著失落，坦言道：「當我發現它離我越來越遠時，就不是了。」

「妳曾為了愛情努力過嗎？」

「我當然有啊！我傳簡訊，我上網，我在可能的對象面前力圖表現，但我發現最後都徒勞無功，我跟最近一次的曖昧對象認識了半年，卻從來沒單獨吃過一次飯，他一直讓我覺得他對我有好感，總是不時誇我是男人最想要的結婚對象，但我們什麼也沒發生就結束了。」

「他……他出了車禍嗎？」聽起來那男人應該是遭遇不幸才會放棄陶冬葵吧？她的確是個很理想的結婚對象。

「不是，他認識了一個爆乳妹，不到一個月就在一塊兒了，我還是看了他抱著大露事業線的親熱照才知道他已經有對象了。」

「他們只是玩玩吧？」

「前陣子他PO了張超音波照片，他女朋友已經懷孕，接下來就要結婚生子了。你不覺得這很令人感嘆嗎？有些人可以把這些複雜的過程一次解決，而我光是要贏得關注就得耗上半年。」

「重點是半年都過了還一事無成。」穆向桐忍不住補上一槍。

「沒錯！」陶冬葵躺在床上點著頭。「我努力的回應他貼出來的照片，或是他寫過的話，盡量讓自己感覺輕鬆好聊，假裝是個充滿幽默感的女孩，但最後還是敵

不過一條事業線，真是太窩囊了！」

「如果妳穿得跟今天一樣，懷孕的搞不好就是妳了。」

「所以，這說明了男人只看得到事業線嗎？我還以為你都沒注意到，只有你不像其他人那樣老往我胸部瞧，我還對你印象好了點……」陶冬葵失望的將臉轉向另一邊。

「喂！」穆向桐連忙伸手將她的臉給轉回來。「所以呢？妳認定了只注意到事業線的男人就不是好男人嗎？」

「或許不是，但這情況很令人失望。」

「所以妳就沉浸在失望的情緒裡，不正面一點的思考嗎？」

「你應該要對我的負面情緒擔負起大部分責任吧？都是你在提醒我那些負面的事。」陶冬葵抱怨著。

她的抱怨換來一陣沉默，陶冬葵看了他一眼，只見坐在床邊的他臉上寫著困擾，目光落在她身上卻什麼也沒說。

「嗯……怎麼了嗎？」她本以為穆向桐會跟她抬槓，但他這副沉默樣反倒讓她有些不知所措。

「沒什麼……」穆向桐看著她的眼神帶著複雜，連語氣都變得不太一樣，即使還是和以往一樣平靜，但用詞卻是溫柔的。「我相信妳將來也會幸福的，即便是單身，人生一樣有其他的樂趣存在，一樣可以幸福的活著。」

「所以我可以孤單得很幸福？」

她的話讓穆向桐說不出話來，孤單可以很幸福嗎？他不知道，因為他從來沒想過幸不幸福這件事，也從沒費心的去為這件事爭取過，他的人生一切都來得輕易，或許他真不懂有些人為了得到幸福必須用盡心思的努力。

「妳快點睡，已經很晚了。」

他只能催促著她睡，自己卻陷入無眠的夜。

第六章

陶冬葵可以聽見房裡有人走來走去、竊竊私語著，但就是沒力氣起來，她的頭像是挨了拳頭似的發脹著，直到她聽見「唰」的一聲，接著刺眼的陽光灑進房裡，那亮度讓她嚷了幾句，跟著手一陣亂撈抓到一條被單，直接往頭上罩去，回到令人滿意的幽暗中，她決定繼續睡。

「妳還睡啊？」

熟悉的爽朗聲音在她耳邊響起，接著蒙著頭的被單被掀開，陶冬葵不情願的睜開眼皮，映進眼簾的就是周雪若的大笑臉，顯然昨晚過得非常快樂，好心情一直維持到現在。

但……她怎麼會在醒來時看見雪若？

「我還以為我已經夠晚起了，沒想到妳這個伴娘比我還會賴床，都已經過了中

午，妳快點起來吧，我們要出去吃飯了！」

「什麼？」陶冬葵這才意識到眼前的周雪若是真人版，連忙坐起身，看了下四周，才發現自己身處於陌生的頂級套房裡。「已經下午了？」

「是啊，老闆打電話跟我說你們也住在飯店裡，所以我才過來的。我順便把妳的東西也拿來了，怎樣？待會兒一起去買套新的衣服來穿吧，我老公付錢！」

「我、這……我昨晚住這裡？我跟穆向桐住在這房間裡？」她沒聽錯吧？快點告訴她這不是事實！陶冬葵臉上有著不願相信的表情。

「沒錯！不過我檢查過了，你們兩人都還算衣著整齊，看來沒出差錯，妳放心好了，老闆還算是個正人君子，一直等我來了才進浴室梳洗，大概怕洗過澡會被我誤會他把妳給吃了，我要是憤而辭職他日子也不會太好過。」周雪若得意的笑了起來。

陶冬葵掀開被子檢查一下身上的衣服，果然還是昨晚那套事業線禮服。她不但衣服沒換直接就睡了，甚至連妝也沒卸，天曉得她現在會是怎樣的慘狀！最糟的是，她竟然用這副模樣跟穆向桐過了一夜，就算沒出事，傳出去也不見得比較光彩啊！

「我的天……」陶冬葵衝下床，直奔浴室。

「等一下！」周雪若想喚住她，但她已經打開浴室的門衝進去。「老闆還在浴室裡頭……」

果然，陶冬葵才進去不到一會兒，就尖叫著衝了出來。

「穆向桐光著身體在裡面！」她一臉驚嚇的瞪大了眼，神色緊張的向周雪若報告。

「我不跟妳說了嗎？老闆一直等我來了才進去梳洗的。昨晚他光是處理妳就忙了一整晚，好歹也讓他整理一下再走。」

「處理我？我……我做了什麼？」陶冬葵驚駭莫名的喊道。

「妳果然醒了就不記得自己做了什麼。」

穆向桐的聲音在浴室門口響起，腰上圍了條浴巾，那小小的浴巾顯然沒什麼作用，裸露出來的健壯身軀足以讓女人流出口水。

「還好我已經結婚了，老闆你這模樣對我免疫，但你可別嚇著她了。」周雪若指了指陶冬葵。

「我不出來行嗎？她剛剛上廁所上到一半就跑掉了，我想她醒來應該尿急吧，

總得讓她進去解放一下，昨晚喝了那麼多酒，她應該憋不了太久。」

說出這種話的男人應該是很貼心才對，但陶冬葵這時只有很想死的感覺。

天啊……有什麼比這個更糗的！

她一醒來就急著進廁所，哪知她才進去脫了褲子坐上馬桶，就發現一旁竟然有人在淋浴，隔著玻璃與裡頭的男人對望了一眼，她才發現那人正是穆向桐，而她已經尿到一半了，那嘩啦啦的解放聲都已經放送出去了……這……她不要活了啦！

周雪若拍了拍好姊妹，「好了好了！他讓出浴室讓妳使用，妳就快去吧。」

陶冬葵即使再難堪，也抵不過尿急的自然生理反應，唉！她的一世英名啊！

在浴室裡足足待了半小時，刷了三次牙，洗了兩次澡，好不容易才把身上那股酒味給洗掉，這才有勇氣清新的現身。

不過在浴室裡所做的心理準備看來是白搭了，因為她出來時房裡只剩下周雪若，穆向桐已經不見人影。

「妳怎麼弄這麼久啊？」周雪若等得都快睡著了。

「他人呢？」陶冬葵四處張望，小聲的問道。

「怕妳尷尬就先走了。」

「喔……」她鬆了口氣。

「雖然你們兩個不對盤，不過我得承認老闆其實人還不錯，至少他沒把妳丟著不管，除了保持他自己的紳士風度外，也保全了妳，免得妳在大庭廣眾下出糗。」

「我知道我昨晚真的有點……」陶冬葵滿臉的懊惱。「他有沒有說……我昨天晚上……我跟他……」

「放心！我不是已經說了嗎？你們什麼事都沒發生，但話說回來，什麼事都沒發生，過夜對象還是穆向桐，妳會不會太糗了點啊？」

「拜託，妳在胡扯什麼？」雖然糗，陶冬葵嘴裡還是要撐一下。

「我相信很多女人都巴不得在這種情況下可以自然失身。」

「我情願自然死亡。」說真的，她現在真是丟臉到想死。

「死？是想欲仙欲死吧？」

「妳這個人妻，可不可以想點正常的！」

「這很正常啊，他是穆向桐耶！要不是我長期跟他一起工作對他免疫，我相信一般正常的女人都很容易為他迷倒的。」

「我沒有為他迷倒，我是喝錯了酒才醉倒，我……我真搞不懂怎麼每次遇上他

我總是喝醉，這男人太不吉利了。」

「呸呸呸！妳這話才不吉利！昨天是我的大喜之日，絕對大吉大利，朱炮可是挑過日子的。」

「但問題是……我人生中兩次喝醉酒都是遇上他，我怎麼這麼倒楣啊？」

「既然妳對他沒興趣，那在他面前醉倒又有什麼關係？」

「我不想留下太多把柄在他手上。」

「就算他有妳的把柄又能拿妳怎麼樣？有我在啊！我還特別交代老闆別欺負妳，看來他真的聽進去，不然以我昨天自身難保的情況，真怕一早醒來發現妳成了爛醉屍被人給拖走玩掉了，還好他打電話來，通知我妳人在這裡。」

「通知妳？」

「對啊！說被妳煩了一晚，聽妳講了一整夜的話，他耳朵都發痛了，問我介不介意趕快把妳弄走，因為他今天還得趕到香港。」

天啊！記憶一點一滴的回來，陶冬葵開始羨慕起那些醉了就可以推說什麼都忘光光的人。

「完了，我跟他說了一整晚的話。」

「是啊，老闆說妳每次喝醉話都特別多，我想也是，上回妳喝醉的時候也是講了一大堆的話。」

陶冬葵用手蒙著臉，一副不敢見人的模樣。「我……我這是……」

「妳放心，老闆不是個多話的人，連我他都沒跟我說妳講了什麼，再怎麼丟臉也只有他知道。」

「被他知道就已經夠慘了。」

「反正妳又沒什麼不可告人的祕密，就算他知道了又怎麼樣？別擔心啦。朱炮今天要開會，這附近就是商圈，不如我們用朱炮辦給我的信用卡出去血拚吧！我人生中頭一次可以享受由老公付帳的樂趣，身為我的好友，妳也是有福利的。」

「這麼好？」

「當然，雖然我是個經濟獨立的女性，但偶爾在這方面軟弱一下我也是能接受的。」

「真希望我以後也有這種可以軟弱的機會。」

「我也是嫁了朱炮才敢這樣花錢，以前我還很認真的想存錢去生小孩呢！」

周雪若這麼一說，陶冬葵想起了昨晚自己跟穆向桐說了什麼。

「完了！我跟他說如果真找不到人戀愛，我決定去做人工受孕的事。」她想起了這件事，又是一陣哀號。

「這有什麼好糗的，這也是為單身女性找的出路之一，我可是舉雙手贊成的，他有什麼立場嘲笑，又不是要找他當孩子的爸！」

說的也是，她真是太在乎穆向桐的看法了。

「還好妳有警告他要對我好一點，所以他跟我說即使單身也可以過得很幸福。」陶冬葵隱約記得他最後說的幾句話。

「沒錯，不過遇到我這種好朋友妳就有福了！快點走吧！我們先去大吃大喝一頓，日後再慢慢研究關於妳的幸福問題吧！」

❁　❁　❁

周雪若的婚禮過了快一個月，穆向桐卻覺得自己還卡在陶冬葵的陰影裡。人就是這樣，一心軟就容易被趁虛而入，尤其是他！原本不受拘束的人生，在陶冬葵的介入之後，便處處充滿她的身影，加上她是周雪若的好姊妹，想不知道跟她有關的消息也難。

「快點簽啊！我今天得準時下班。」周雪若把文件交給他後忍不住催道。

反了反了！這年頭助理還比老闆大牌，以前不管加班到多晚，她都不會有抱怨的。

「朱炮回台灣了？」

畢竟人家新婚小倆口是遠距離婚姻，朱炮大部分時間在台灣，但家人在內地，得經常兩地奔波，不能天天在一塊兒，聽說朱炮上星期就回上海了，新婚夫妻果然一日不見如隔三秋，朱炮可能是回台灣了，所以周雪若才急著下班。

「他下個星期才會回來，我今晚約了冬葵，你知道那個一夜情殺手竟然看上她了，妙吧？」

「什麼？」那個只玩一夜情的浪子蕭伯華不是已經被陶冬葵封殺了嗎？

「浪子不都是找個清純玉女演回頭戲碼的嗎？這種戲多有趣！所以我決定陪冬葵赴約。」

「妳竟然鼓勵她跟那種男人往來？」她們倆不是好姊妹嗎？怎麼她還想把陶冬葵那傻妞推進火坑？

「在大庭廣眾下吃個飯算什麼往來！再說人家要浪子回頭，這麼精采我怎麼能

錯過？」

「妳拿朋友當好戲看。」

「我是覺得有機會就試試，再說冬葵也空窗太久了，也許浪子回頭後會比一般人還清楚所有的玩樂都是一場空，反而對身邊的女人更好也說不定。」

「我真搞不懂妳們女人在想什麼，明知道那種人……」

「狗改不了吃屎？」不用穆向桐說，周雪若都知道他在想什麼。「只要不發生一夜情就行啦！話說回來，蕭伯華其他方面算是不錯，有錢有房又有車，條件也不差，如果浪子真要回頭，那也沒什麼不好。」

「他有哪裡好？」穆向桐滿臉的不以為然。

「是是是！沒有人的條件比你好，可惜啊！你這位大老闆是絕緣體，誰都沒法跟你比。」周雪若乾脆順著他的意酸了他一把。

更糟的是，她的話讓穆向桐酸進骨子，一想到陶冬葵和蕭伯華在一起，他就滿心不痛快。直到下班，他整個心情依然浮躁，突然，安養院的人來了電話。

「穆先生，不好意思這時候打擾你。」

「我媽出了什麼事嗎？」母親住進安養院也一年多了，病況一直沒有好轉，他

早已經做好了最壞的打算。

「不是，穆老太太的情況還是一樣，只是最近有點其他狀況……」安養院的人告訴他最近有對母女去看穆老太太，原本是一天去一次，接著就幾乎整天都賴在那裡，今天更離譜了，決定要在病房裡過夜，院方覺得情況詭異，懷疑那對母女究竟是不是穆家的親友。

「雖然穆老太太身上沒有財物，但我們擔心會有其他狀況，想跟您通報一聲，看看是不是要請她們離開，還是……」

「我馬上過去。」

穆向桐想都不用想就知道那對母女肯定是邱雅婷跟她母親。她們兩人日子混不下去又把歪腦筋動到他母親身上，這回他不會再放過她們，只是……像這種情況，陶冬葵應該會很感興趣。

果然，陶冬葵接到他的電話後，沒多久就搭著計程車趕來，他一點也不意外，因為她就是這麼熱血的人。

「先進去看看。」沒等她開口，他只簡單的說了這句。

應是守衛森嚴的安養院，被那對母女溜進來，院方也覺得有些臉上無光。

「穆先生，真的很抱歉，因為你沒事先交代禁止訪客，她們又說跟老太太是熟人，再加上她的表現……感覺上她就像是老太太認識多年的好友，而且那個小女孩說她以前是跟老太太一起住，我們真的以為她們是老太太的親友，直到今天過了探訪時間，她們還留在這裡，我們才覺得不對勁，所以——」

「我來處理就好。」穆向桐打斷那人的解釋，推開病房門。

只見該是安靜養病的病房裡，瞧邱雅婷躺在沙發上的姿勢，一副把這裡當自己家的自在樣，手上拿著遙控器，電視停在綜藝節目頻道，她正看得津津有味，只是這閒適模樣，一見他們進來，就因嚇傻而僵掉。

「妳在這裡做什麼？」穆向桐冷眼瞪著她問。

「我……我……」邱雅婷一句話也說不出來，這是她跟母親計畫好的新住處，來這裡探望穆老太太幾次後，發現這裡什麼都有，簡直是天堂，就跟母親決定搬進來住，因為手段不正當，見有人進門來探詢，她自然說不出話來。

這時，浴室門打開，邱母裹著一條浴巾出來，也沒注意外頭多了好幾個人，逕自嚷著：「熱水是恆溫的耶，都不會忽冷忽熱，洗得真舒服。還好終於找到地方住，能洗個澡真好，不然我們真是臭死了！今天晚上總算可以有個地方睡覺，不用

躲在停車場的樓梯間睡了，這裡還有空調咧！明天再找機會整整那個看護，等我把那個看護趕跑了，以後我們就可以在這裡住下來，還可以假裝是來當看護的，順便跟穆家領看護費，聽說一個月也好幾萬呢……啊！」

邱母大言不慚的計畫著，但一抬起頭，只見房裡六七個人正在瞪著自己，立刻驚聲尖叫了起來。

「你們在幹什麼？怎麼可以闖進我們的房間！」

「我才想問妳，妳們兩個怎麼會在這裡？」穆向桐不耐煩的問，對於眼前這礙眼的中年婦女出浴場面感到一陣反胃。

「我們是穆老太太的親友！」

「什麼親友？」

「我們是親戚，而且我們跟穆老太太感情很好，我們以前住在一起的。」

「那跟妳們現在在這裡有什麼關係？這裡禁止訪客。」

「誰說的！穆家哪有禁止訪客，穆家上上下下都認得我，穆先生，就是那個很有名的穆向桐啊，他很歡迎我們來看老太太，就是他要我們常來看老太太，而且老太太也很歡迎我們。」

「我根本不認得妳們，而且我媽一年多前就已經成為植物人了，她更不可能歡迎妳們來訪，妳覺得這時候還瞎掰出這種話來有意義嗎？」穆向桐看了她一眼，不用出口辱罵，光那眼神就夠讓人全身發顫了。

病床上的老太太是他媽，那……邱母發覺大難臨頭了。

「你……你是……穆向桐？」

「連穆先生都不認得！」她的話讓所有人確定這對母女真的是鬼混進來的，房裡立刻陷入一陣混亂。「快叫警衛上來！」

陶冬葵在一旁不知道自己能做什麼，她一接到穆向桐的電話，想也不想的立刻趕過來，雖說是關心邱雅婷的現況，但這種擺明了是吃定病患的無能為力而來佔地為王的行徑，連她都無法原諒。

但當邱雅婷對她哭喊著要幫忙時，她還是心軟了，穆向桐卻在這時扯住她的手臂，像是在提醒她別落進相同的圈套裡。

「我只是要妳來看清楚邱雅婷和她母親什麼事都做得出來，不是帶妳來收留她們母女的。」

「老師，求求妳幫幫我，我跟媽媽沒有地方住，才會想來這裡……」

邱雅婷的話引來安養院人員的極度不滿。

「妳們把這裡當成什麼地方？飯店嗎？這裡有病人啊！跑來佔老人家的便宜，妳們把病人的尊嚴放在哪裡？」

院方人員氣急敗壞的將邱家母女攆走，卯足全力向穆向桐賠不是，承諾日後會加強安檢，確認訪客身分等等，許久後，病房才回復寧靜，留下穆向桐、陶冬葵以及床上不能言語的穆老太太。

這場面有點尷尬，陶冬葵上一步，看著病床上的人，的確跟穆向桐長得有幾分神似。

「這是你的母親？她……」

「她病了很久了。」穆向桐伸手替母親理了理被子，撥了撥頭髮。

病房裡陷入一片沉默，陶冬葵看得出來他對母親病情的無能為力。

「連續中風三次，就再也沒醒來過，現在只能盡力讓她的病情不要惡化。」穆向桐回過身來看著她，「妳覺得邱家母女那種人還需要幫助嗎？妳剛剛也看到了，她們根本沒有把其他人看在眼裡，她們只是在利用人，即便是一個躺在床上無法動彈的人都是她們利用的對象。」

的確如此，陶冬葵差點又心軟的伸手相助，還好穆向桐阻止了她。

「所以我剛剛要妳別插手，是因為妳我都很清楚，她們不是妳的責任，妳也沒有能力負擔她們的生活。一個人如果不想站起來，那就永遠只能趴在地上，善心應該是發揮在有用的地方，而不是任那種人利用。」

「我知道了。」陶冬葵點點頭，目光忍不住往病床上飄。

先前她看了許多關於穆老太太的報導，知道穆老太太在還沒生病之前是個很活躍的長者，只是沒想到親眼見到本人時，老太太是這麼虛弱的躺在病床上，這場面是有些感傷的，對照先前邱家母女兩人霸佔病房的惡行，更讓人對老太太感到不捨。

「你母親是個很有氣質的長者。」

「但人老了都一樣，過去的光輝只會招來揮不去的蒼蠅沾黏，連想清靜都不行。」

「你常來看她嗎？」

「不常，我媽交友廣闊又愛熱鬧，有許多朋友都受過她的照顧，經常有人會來探望她，因此才沒在這兒設下較嚴厲的門禁，我想有過這次經驗，以後應該不會有

人能這麼輕易的進到這裡來了。」

「她是那麼愛熱鬧的人，獨自待在這裡……會不會很孤單呢？」

穆向桐聳聳肩，母親已經病了許久，他早已做好母親隨時將離開人世的心理準備，所以也沒去想過孤不孤單的問題。

「我知道你很忙，加上你母親的病應該會讓你心情不好，其實我父親也是。在我記憶中的他一直都是躺在床上的，我媽說他原本還是清醒的，動過幾次手術後就再也沒睜開過眼，但我每次放學回到家，他即便不能說話，也都會動動手指頭，當我握著他手的時候，他總會用他的指頭敲著我的掌心，告訴我他是知道的。」

陶冬葵伸手握住穆老太太的手，試著將溫暖傳遞過去。

「即便他開不了口，但我媽要我和姊姊回到家就先到爸爸床邊向他報告今天發生什麼事，讓他知道我們沒有忘了他。」

「然後呢？手牽著手，妳爸爸就醒過來了嗎？」

陶冬葵聽出他話裡的嘲弄，回頭白了他一眼。

「算了，你這種人不會懂。」

「我是不懂，或許只有像妳這種人才懂這些吧！因為我比誰都清楚，我跟我媽

的感情不是牽牽手就培養得來的。」穆向桐看著病床上的老婦人，臉上有著複雜的神情。「走吧，妳已經看到邱雅婷，也確認她還活著，更清楚了她們母女的為人，這樣應該也夠了，我送妳回去。」

第七章

離開安養院，陶冬葵和穆向桐之間緊張的氣氛才稍緩和了些。

「我沒想到她們會這樣……」她喃喃的開口。

「這種事誰也想不到。」

陶冬葵想說些話安慰他，尤其是見著他母親的狀況，她了解那種親人久病不起的心情，但她還沒開口，穆向桐就冒出讓人火大的話。

「很抱歉破壞了妳今晚的約會。」

她突然一陣臉紅，但隨即認為那不關他的事，鎮定的回問：「你說什麼？」

「妳知道的。」他刻意不把話說清楚，只是聳聳肩，讓她看了更火。

「知道什麼？」

「妳今天不是跟一夜情浪子約會嗎？」

怎麼聽起來好像是她要去搞一夜情？這說法實在讓人聽了不舒服。

「你平常都不跟朋友約吃飯的嗎？」

「至少我沒約過那種以一夜情出名的人吃飯。」

「是嗎？」陶冬葵現在可不怕他了，大概是跟周雪若混久了，膽子也被她給練大了。「據我所知可不是這樣。」

「妳對我了解多少？」

「我不需要了解你，就像你從來不弄清楚事情的來龍去脈就執意抹黑我，我只要知道你擁有這項過人的本領就夠了。」

「妳要跟有名的一夜情浪子約會，以為他圖的是什麼？」穆向桐光是想到她居然有膽跟那種男人約會，就莫名的一陣惱火。

「我不懂他圖什麼，但我知道我要什麼就夠了，不是所有女人都像你想的那麼蠢好嗎？難道你真的以為吃一頓飯就會懷孕嗎？連國中生都知道這種事不會發生。」

「我當然知道，那麼容易懷孕的話，妳也用不著存錢打算去做人工受孕了。」

來了！陶冬葵瞪他一眼。她就知道，穆向桐遲早會拿她想去國外做人工受孕的

事來嘲弄她，不過她早已做好心理準備，她才不怕他呢！

「是啊，那有什麼不好？說穿了我也只是在為將來找出路，我不想我的人生就是如此，不管是我存錢想生小孩，還是想找機會多認識異性，這都代表我在努力，難道我的人生就一定得孤老一輩子嗎？時代不一樣了，我可以有多一些的選擇，而且我不需要你的認同！我真搞不懂，你媽媽是個出了名的大善人，你不可能有什麼童年創傷，怎麼你老是用這麼負面的眼光去看待他人。」

「那就是妳對我媽的印象？大善人？好人好事代表、十大傑出婦女、模範母親……她一心只在意她的公益形象，如果不是我在後頭撐著，妳以為穆家有那個能耐可以一天到晚掏錢往外扔嗎？妳以為我為什麼跟我母親那麼生疏？正是因為她整天忙著在外頭做好事，並沒有發現她的兒子也跟其他孩子一樣需要照顧！她老是挖出填不完的錢坑，逼得我不得不一天工作十五個小時來賺錢補那些無底洞！

「妳有沒有想過或許我也想成家立業，但因為我有太多工作要做，沒辦法像別人那樣把下班後的時間都奉獻給女友，當然不見得每個女人要的只是我的錢，我也有認識需要我比需要我的錢還多的好女人，但時間卻是我無法給的，因此斷送了我的姻緣，為了那莫名其妙的基金會和負債上千萬的公司，以及眾多的員工和他們的

家庭，我不能丟下這爛攤子不管，只能盡我所能的賺錢維持公司營運，把心力全部投入在工作上，妳有沒有想過，也許我不是自願如此！」

穆向桐的話讓陶冬葵倒抽了口氣，他的每一字每一句都像是從他心底深處所發出的怒吼，雖然他的語氣聽來挺平靜的，但或許就是太過平靜，所產生的效應才更讓人說不出話來。

「怎麼？啞口無言了？」見她不說話，穆向桐又開口道：「妳以為我跟妳有什麼不一樣的？我的一天跟妳一樣只有二十四小時，可是我要做的事卻比任何人多！」

「我……我……不擅長挖掘別人的私事。」更何況聽到的事實太過震撼，以她所能承受的程度看來，這或許不是她所能碰觸的。

「那妳應該是有讓人掏心掏肺的能力。」

他從沒跟人提起過這些，在那些以為他是含著金湯匙出生的人眼裡，誰又知道他曾背負過的壓力。

「好吧！」陶冬葵吸了口氣，試著振作精神，裝出一副沒事的模樣，帶點兄弟味的口吻對他說：「既然你都把你的難處說了，我想你應該也能理解我的苦處，我

們何不互相體諒一下？彼此加油鼓勵。」

彼此加油鼓勵……穆向桐用不可思議的眼神望向她，這麼八股客套的話虧她說得出口。

「嗯……那個……你說的好女人，後來呢？」陶冬葵決定對他多關心一下。

「早就嫁人了。」穆向桐沒好氣的說。

「你確定嗎？」

「有什麼好確定不確定的？至少很確定的分手了，這就夠了，難道我還要打聽她後來生的是男孩還是女孩嗎？知道那麼多做什麼？」

「我只是想……現在你公司營運穩定，你應該也沒那麼多顧慮了，也許還有機會……」

「有什麼機會？有機會再去把她追回來，告訴她我現在有時間可以陪她了，我們可以重新開始？」

陶冬葵聞言猛點頭。「對啊！也許她還在等你。你條件很好，也許她不是那麼心甘情願的離開你。」

「妳對愛情了解有多少？時空背景不一樣，感覺也不同了，就算現在有機會見

面，當初的感覺也早已消失，妳以為真有什麼感情是可以從一而終、永生不渝的嗎？」

陶冬葵被他說得有些下不了台，或許她就是這麼想的，不說別的，她可以舉出上百部電影來說明真愛是歷盡時空變遷仍不會有所改變的，但這種例子顯然不適合在此時提出。

「如果有那種感情存在也是不錯……」

「若妳真認為那種感情那麼容易得到，又何必存錢出國做人工受孕？」

「我……我就是因為明白難度太高，所以才退而求其次。」她講得有點心虛。

「所以妳也理解人生有很多不得已，不是嗎？」

陶冬葵看了他一眼，突然覺得穆向桐不再那麼刺眼了，或許是知道了他那些不為人知的為難之處，引發出同情還是什麼，他不再是那個高高在上的大爺級人物，反而是個內心深處也曾燃燒過的男人。

「好吧，我們休戰。」

「我從來沒想跟妳打仗。」

「我跟蕭伯華約了今晚吃飯，不過來的不只我跟他，還有雪若跟我的大學同

學，現在在補教界教書的朋友，我們的目的很單純，只是想多認識一些人，而且蕭伯華聽說也打算要浪子回頭了，所以……」

「怎麼？今年流行浪子歸山，妳以為狗真能改得吃屎了？」

怎麼他對這事反應這麼大？

「總要給人家一點機會。」陶冬葵試著放緩口氣，畢竟他們倆算是交換過祕密了，不需要繼續針鋒相對，如果真有個人得退一步，那就是她好了，反正她很習慣讓步了。

「那種機會用不著妳去湊熱鬧吧？」

「我只是帶朋友跟他認識認識，再說他也有別的朋友一塊兒來，你怎麼知道誰會看上誰，或許誰也看不上誰啊！我們的世界差距那麼大，能一起吃頓飯就很稀奇了。」

「妳不覺得我們的差距也很大嗎？我們還不是成天牽扯不清。」

咦？這話雖然是事實，但用在這兒聽起來怎麼怪怪的？

陶冬葵為了自清，趕忙揮揮手，只差沒拿鹽巴出來撒，並大喊惡靈退散了。

「我可不是自願跟你牽扯不清的，我純粹是……」

換做平常，她絕對有充分的理由說明兩人之間的牽扯起自何故，但今晚她明明已經到了餐廳門口，一接到他的電話她竟不由得心跳加速，接著丟下朋友直衝安養院，這不該是她會做的事。

好吧，就算她真是個關心學生的好老師，結果她趕到現場，一樣沒什麼作為，可見她根本沒必要去。但接到穆向桐的電話，她卻是想也沒想的就跑過來，這又代表了什麼？

「純粹是為人師表的愛心氾濫？」穆向桐幫她補了這句。

這倒不失為一個好理由，陶冬葵還滿感謝他找出這個藉口來。

「你要這麼說也可以啦！」

「既然壞了妳的好事，那妳想吃什麼？」

陶冬葵面露驚訝，他不會是在約她吃飯吧？

「我在便利商店買個微波便當吃就好了。」

「拜託，我今天工作了一天又忙了一晚，已經很累了，可不可以不要吃那個？」穆向桐翻了個白眼，不由分說的將方向盤轉了個彎，朝自己熟悉的店開去。

「麻醬麵，妳吃吧？」

「嗯。」陶冬葵點點頭，其實她不是很確定他是要約她一起吃嗎？「你的意思是現在要去吃麻醬麵嗎？」

「對啊，就在前面，很好吃！這時間不是用餐尖峰期不用等太久，妳不覺得吃個飯得耗掉一兩個小時很浪費時間嗎？」

「買便利商店的微波食品不也很快？」

「微波過的東西跟剛煮好的味道是不一樣的，感覺有點像是煮了兩遍的隔夜菜。」

「在這求快的年代裡，有些事就是得被犧牲的。」

「妳卻沒為了求快就隨便找個人戀愛不是嗎？每個人都有自己的堅持，等一下妳就會發現我的堅持是對的。」

❀ ❀ ❀

在這沒有太多歡樂的夜晚，吃到好吃到爆炸的麻醬麵，陶冬葵還是忍不住露出微笑。

穆向桐雖然依舊吸睛力十足，但在這瀰漫著食物香氣的小吃店裡倒也沒引起太

多人注意，加上多數人都是吃完就走，大家只顧著吃光碗裡的麻醬麵，沒時間注意到這位鼎鼎大名的穆先生也身處其中。

「我就說吧！這跟微波食品天差地遠，現做的還是比較好吃，妳吃吃這個！」他夾了一片嘴邊肉給她。「這個沾上特製的醬料。」

陶冬葵咬了一口，馬上被美味給征服。「好好吃喔！」

「我每次來一定點這個，麻醬麵跟魚丸湯，再加上這盤嘴邊肉加滷豆腐。」穆向桐得意的介紹著。「像這種加完班的時間來，客人不像用餐時間那麼多，而且老闆現弄現切一下子就好了，不用浪費時間等半天，馬上就可以吃得到。」

「這裡離我學校不遠，我竟然不知道這裡有這家店。」

「很多好吃的店都藏在巷子裡，不容易找到。」

「那你怎麼會知道？」

「還不都是周雪若，每次出差一有時間她就在書報攤前瞎混，而且必買上一本帶著看，通常她都是翻上兩頁就忘了，我的車上已經放了好幾本她買的美食導覽書籍。」

「你看雪若的書？」

「她每次買了都不看，我只是空檔時拿起來隨便翻翻，不然我哪有時間去外頭找美食？再說一個人吃飯也有很多限制。」

說的也是，陶冬葵很認同。

「沒錯，有時想對自己好一點，想上餐廳打打牙祭，可是一個人去好像怪怪的，而且有些餐廳就算一人用餐還是要收兩人的費用，雖然我能體諒餐館的座位大多是四人座，收獨自前來的客人不划算，但對我們這種只有一個人的客人來說，就顯得很不公平。要是以後我有錢開餐廳，我會想開那種有單人座位的，座位之間還有布簾隔開，可以專心的享受美食，而不用應付四周投射過來的奇怪眼光，自己一個人就可以去吃，不用費心應付與其他人的對話，就安安靜靜的好好吃頓飯。」

「這意見不錯，也許我可以來開一間，現在單身人口增加，一個人要出去找吃的還真是不方便。」

「真的嗎？你要是開了這種單身餐廳可不可以送我一張貴賓卡，我絕對會常常去捧場！」

「也許我們可以來談談這個構想。」

沒想到穆向桐竟然贊同她的意見，陶冬葵忍不住說下去。

「這可是我想了好久的單身夢幻餐廳，我還有很多很妙的idea，專門針對單身族群所設計。」

「說來聽聽。」

「是這樣的，我覺得用餐時的隱私很重要……」

就這樣吃著簡單的麻醬麵，陶冬葵開始與穆向桐建構起單身餐廳夢。

不知是這個想法太吸引人，還是能和穆向桐不再針鋒相對的氣氛太有魅力，她突然不急著回家，跟他這麼談著夢想，在這一晚變成了一件不再有壓力的事了。

❁　❁　❁

她早該在離開安養院後，就和今晚約好要一起赴約的兩位好友聯絡並請罪，沒想到和穆向桐談得太高興了，竟然一拖就拖到了半夜，回程路上他們甚至還一邊開著車，一邊注意路邊貼著租售字樣的店面，真把這單身餐廳的想法給擴大了。

不但如此，穆向桐還給了她一個顧問職稱，她本想要拒絕，但衝著他說：「還有誰比妳了解單身族群的不便？只有身處其中妳才更能明白他們需要的是什麼。而且我工作很忙，根本沒時間可以插手，妳當顧問可以幫我多盯著。多一份收入，往

後又多一個地方可以吃飯，應該不錯吧？而且也會有專業人員協助妳。」

不知怎地，陶冬葵覺得這真的很不錯，她的確需要錢，而且下課後去看看餐廳需要什麼，也不會佔用她太多時間，就答應了下來。

周雪若聽完她的解釋後，挑著眉問：「所以妳的意思是，妳放我們鴿子不只是去看那位輟學少女，還順便跟我家老闆討論出了一間單身餐廳？」

「嗯……對。」

陶冬葵內疚的點點頭，但隨後又興奮的講起這餐廳的理念。

「停！我知道，我只是氣妳怎麼沒早點跟我提這件事，不然我也可以湊一腳。」周雪若覺得這是個絕妙的點子。

「妳都已經結婚了……」

「妳別忘了我當過多少年的單身貴族！現在我雖然結婚了，但我也是要吃飯的，再說常被人放鴿子，我想我一個人吃飯的機會還是很大。」周雪若意有所指的瞪了她一眼。

「別這樣嘛……」陶冬葵連忙討饒。

「妳知道昨晚吃得有多不開心嗎？蕭伯華擺明了對妳同學一點興趣也沒有，一

知道妳沒打算來，他跟他朋友整個冷掉，還好他們吃完付了帳才走，我真怕他們直接站起來連飯都不吃就走人，真感謝他還有風度幫我們把帳給付了，不過我可是吃得很內疚呢。」

「這麼糟？」

「也不能怪他們，妳那同學一臉恐怖的大濃妝，一見面講不到幾句就開始打聽人家開什麼車，年收入多少，沒幾個男人聽了這些還吃得下去，我在旁邊也尷尬得不得了。」

「對不起啦！」陶冬葵也覺得很不好意思。

「所以啊，如果有那種單身餐廳多好，可以各吃各的，不用費心跟人家打哈哈，不過……老闆突然這麼熱心的急call妳過去，又跟妳討論餐廳，怎麼我感覺不太尋常？」

陶冬葵倒是回答得很快，彷彿早就對這問題做好了準備。

「哪有什麼不尋常的?就是隨口聊聊，突然聊到這個，我跟他都單身嘛，難免會有用餐的困擾。」

「是啊是啊，你們都單身，就算有多一點的往來，也屬正常交友範圍。」周雪

若的表情可不認為事情有這麼簡單。

「怎麼妳這話聽起來怪怪的？」

「說者無意，聽者有心。」

「我能有什麼心？」陶冬葵收起表情，深怕臉上露出了什麼破綻，即使她和穆向桐清清白白，但總覺得好像有什麼是不能被人發現的。

「妳啊，就平常心嘛！多交個朋友很好啊，我覺得倩姨說的沒錯，她眼光的確很獨到，總之不管是蕭伯華或是我家老闆，只要能給妳幸福的，我都樂觀其成。」

周雪若說完還深深的看了她一眼，陶冬葵心裡七上八下，到底……雪若看出了什麼她自己沒察覺的？她明明孤家寡人的，又是誰給了她幸福了？

❁　❁　❁

不過陶冬葵可沒那麼多時間好好思考，她不想當個「只顧而不問」的顧問，她上網找了些資料，也看了很多開餐廳的人所寫的心得，這才發現要在短時間內弄出搞出一間餐廳，不是那麼容易的事。

在某些人眼裡似乎是件很重大且繁瑣的事，光是事前籌備就要耗掉好幾個月，

可是事情落在穆向桐手上，根本沒有拖拉的機會。

做事果斷的男人真的是很有魅力啊！

和穆向桐相處越久，陶冬葵越覺得他帥氣逼人，尤其是他處理事情的態度，比如當設計師告訴她得等到月底才會有工人來裝潢，她整個傻在原地，不知該怎麼應對這慢慢來的磨功，可是穆向桐卻只是很酷的跟設計師說：「我時間有限，沒空等別人慢慢來！」

他那沉穩的態度，即使語氣平靜，卻透露著不可撼動的堅決，讓她覺得這男人的確是非常迷人的。不只是她，設計師也趕忙改口說下星期就會有人來，最後是穆向桐直接向設計師要圖，隔天工人就開始進行裝修，連拖都沒有拖，一切就這麼開始。

陶冬葵也同時明白夢想和現實的差距有多大，原以為開餐廳是件美好且充滿夢想的工作，但一頭栽進去後，才知道每件事都是這麼的不容易，還好支持她這個夢想實現的夥伴是穆向桐。

「我得承認如果不是因為有你，我早就打退堂鼓了。」

在一起工作一星期，陶冬葵數次想舉白旗投降，不過就是開家餐廳，但事情根

本不如自己想像的容易，申請證照，還要做安檢，甚至是試菜……

「怎麼？今天的菜不合妳胃口？」

穆向桐坐在她對面，他們連續一個星期一起用餐了，說是幫餐廳試菜，但事實上他把這當成約會，這個星期下來，他們不像過去那樣老是講不到幾句就吵起來，反而經由這樣的相處產生了革命情感，他認為她的細心跟體貼的確幫了不少忙。

「不是，我只是覺得開店的麻煩事比想像中還要多許多。」

「不管做哪一行都是一樣，當初妳說了很多當老師的不便之處，忙碌早已是現代人的通病了，換個角度想，這樣不也很充實，不然下班回到家就是買便當配電視混一晚，這樣過一輩子嗎？」穆向桐覺得這陣子的生活過得很充實，每天下了班有人可以一起吃飯，雖然陶冬葵只是陪他一起試菜，可是這提供了很好的話題，兩個人在一起最忌諱無話可說，他們不再一講起話就只是爭吵，反而從討論中得到許多溝通。

他明白雖然她以前老喜歡跟他吵，但其實她放鬆下來時並不是個難搞的人，甚至是很好說話的對象。

「我只是覺得……還好餐廳是你開的，加上有雪若，你們兩個真是魄力十足，

我發現我講什麼都沒用，設計師跟工頭和你們講話總是恭恭敬敬，跟我說話聽起來卻總是在打混。」

「那就拿出妳當老師的威嚴，把他們都當學生看待，應該要爭取的就不要讓他們打混過關。」

「你說得真容易。坦白說，有時候我連十幾歲的小孩都搞不定，還好只是當顧問，如果我自己開店一定會倒得很快。」

「這些事造成妳的壓力了嗎？」

穆向桐看得出來這幾天下來，她的表情從緊張變成了怯懦，甚至是有點退縮，和一開始她興奮談論著單身餐廳的夢想時完全不同。

「是讓我幻想不停破滅，我的意思不是說這餐廳不好，而是我發現我的執行能力有多差，跟你們相比，我才發現我不足的地方比我自己想像的還要多。」

「那又怎樣?妳的求生本能只要夠用就好了。總不能什麼都會就把所有事往自己身上攬，我請妳來當顧問，如果這造成了妳的困擾，那也會讓我很困擾。」

他實在不想看陶冬葵這副落落寡歡的模樣，當初她在討論的時候神采飛揚、笑容滿面，怎麼店還沒開幕，她就已經一臉挫敗樣，這跟他想像的不同，而她這落寞

樣看在他眼裡竟然有些心疼。

「那你呢？你怎麼總能把每件事都處理得這麼好？我不過才掛個顧問名就已經手忙腳亂了。」

「我說過，如果這變成妳的困擾，我現在還是可以想辦法幫妳解決。」

他不想讓陶冬葵為了餐廳的事悶悶不樂，如果可以讓她開心點，她想不介入也無所謂，反正該找的人手他已經找得差不多了，讓她掛上顧問的職稱，不過是讓自己能跟她多些機會相處，如果這造成她的困擾，那他隨時可以解除她的壓力。

但這話聽在陶冬葵耳裡卻是另一種宣告，彷彿他隨時可以將她一腳踢開。

這餐廳點子是她的，裝潢風格是她想的，單身人士需要的獨處空間、用餐需求都是她規畫的，現在他找來了設計師、店長、營運長，當然就不需要她這個已經被複雜的創業過程給嚇呆的傻瓜顧問。

最重要的是，只要她一解除顧問的職務，她與穆向桐就回到了原來的平行線，誰也不能再介入誰的生活裡，更不能像現在這樣有一起吃飯的機會。

「妳應該比誰都清楚我不是十項全能的吧？」

穆向桐的提醒，讓她想起了他曾經失敗的戀情。

「那已經是過去式了，現在的你可以把所有事情都處理得很完美。」

「妳的口氣像是在跟我說我已經可以畢業了。」

「人生要學習的課題還很多，你已經比多數人懂得多了，我才像是要重修的學生吧。」她停止撥弄盤裡的菜餚，真想回家躺在床上把自己埋在被子裡深深反省。

「妳想太多了，這年頭流行進修，但說穿了那些死賴在學校裡不肯走出來的人，妳真以為他們所有人都是上進的嗎？多得是不敢接受現實挑戰，決定用學生身分再多混幾年的人，妳不跳進這個世界裡，又怎麼應用得上妳所學的一切？」

「我是老師，學生多一些我才有工作做。」她有點賴皮的回應。

「妳現在多了這份差事，應該不缺錢了吧？我看妳不像是個日子過得太過奢華的人。」

「我的確是需要多存點錢。」

「人工受孕是得花上不少錢。」

「是啊！少說得花上……」陶冬葵呆呆的順著他的話回應，說到一半才想起這不是個好話題，連忙打住。

「妳還沒放棄那個念頭？」

「我不想討論這個話題。」就算要討論穆向桐也不是個好對象，而且這很容易讓他們又吵起來，她不想破壞現在的氣氛。

但穆向桐不肯放棄，反而自顧自的說下去。

「我知道那得花不少錢，我有不少朋友是年紀大了生不出來，而且做一次不見得就會成功，要進行之前還得先經過一些檢查，加上妳是單身身分，還得千里迢迢到國外去做。」

「其實也沒那麼複雜，身體檢查可以先在台灣做，我也可以利用寒暑假出國，一年至少有兩次機會……」

「一年才兩次。」

「那又怎樣？總比什麼機會都沒有要好。」

「聽起來真是絕望。」

「會嗎？我覺得這想法反而讓我的人生多了點希望。」這個期待也讓她的生命多了個目標可以努力。「再說，我也沒有別的了。」

父親在她念書時就過世了，母親在兩年前也走了，唯一的姊姊有她自己的家庭，兩人一年難得通上幾次電話，她幾乎就只有自己一個人，而愛情又是那麼的遙

不可及，她還要再浪費多少時間？若是哪天她真的找到了適合的對象，她也許也生不出來了，為什麼她不能先幫自己組織一個家？

「所以我說妳這是太過絕望之下的決定。」

「隨你怎麼說吧。」她低頭看著面前的盤子，決定將話題導入正軌。「我覺得這個餐的分量可以再多一點，現在不景氣，萬物皆漲的情況下，吃得飽很重要，我們的價錢訂得比一般便當要貴，如果可以吃得飽，客人也就不會在意多那幾個錢。而且獨自用餐不用浪費時間在說話上頭，吃得也快些，翻桌率跟著提高，這樣營業額也會跟著增加。」

「妳越來越有概念了。」

「我只擔心這家店可能會讓單身的人更多，因為單身的人再也不用窩在家裡吃些速食簡便的食物，他們有新的選擇了。」

「所以妳開始懷疑這件事是否正確？」

陶冬葵感覺穆向桐越來越了解她了，她有點氣憤自己這麼容易被了解，尤其是被他這樣的男人看穿，在他面前她就像個傻子一樣。

「今天很累，我想先回去睡了。」她不想再談下去，直接說要走人。

穆向桐也沒拆穿她。「我送妳回去。」

在車上兩人的話不多，陶冬葵慶幸自己有手機可以當低頭族，可惜她的好友名單不像那些有朋友恐慌症的人那麼多，少得可憐的人數裡還沒有幾個是她能搭得上話的。

不過至少還可以裝忙。

「我把剛剛在店裡拍的照片貼了上去。」雖然在裝忙，她還不忘跟穆向桐報告自己在做些什麼。「前幾天拍的菜，大家都說看起來不錯。」

「我有看到。」

穆向桐也是她寥寥可數的好友之一，他當然可以在社群網站上看到，陶冬葵突然覺得自己傻到家了。

「我在便利商店前下車就行了，謝謝。」

「還沒到妳家。」

「我想去便利商店買點東西。」事實上，她很難忍受跟他這麼接近卻不能自在的說話，不管她說了什麼感覺都像個傻子，所以才急著下車。

「妳家附近多得是便利商店，在這裡下車妳還得走很遠，已經晚了，這樣不安

全。」

「你的話總是讓人無法反駁。」

「妳不會傻到老是想反駁我的話吧？對於正確的事，為什麼不能欣然接受就好？」

「有時候你真的自信到很讓人討厭！」陶冬葵忍不住皺起眉。

「那是妳個人的喜好問題，我注意到妳比較喜歡那種看起來沒自信又沒主見的男人，妳應該把那個姓黃的刪掉了吧？人家不是已經要結婚了嗎？」

「你去看了我的好友名單？」

穆向桐沒否認。「我看到妳祝人家新婚愉快。」

「那只是一般朋友的互動，我連結婚禮金都沒包，只是祝他新婚愉快應該不為過吧？在他板子上留下一樣祝福的人又不只我一個，要是我什麼都沒說，那才奇怪。」

她說的是沒錯，但穆向桐心裡就是不痛快，他一眼就從她的社群名單裡確定那個男人就是她之前提過的男人，當然那姓黃的身邊那個爆乳妹也幫了點忙。

「我只是不知道那樣的男人有什麼好，值得妳浪費半年的時間……」

「我沒有浪費半年的時間，我又沒有倒追他！」對此她可是要提出嚴重的抗議，倒追別人的行為可沒發生在她身上，她只是努力的增加自己的曝光率，偶爾幫對方按個讚而已，哪算什麼倒追啊！

「但妳花了半年時間等他來追妳不是嗎？」

「不然呢？難道我要寫信給他，拜託他來追我嗎？」

「所以妳只是等，然後眼睜睜看著人家結婚，再送上祝福？」

「對！這就是我可悲的人生，你滿意了嗎？」陶冬葵突然感到火大，不只是對他，也對自己。「前面這家超商離我家夠近了，你可以停車了！」

「妳幹嘛這麼生氣？」

「不！我是需要激勵，我很明白你老是對我說這種話，其實都是在激勵我。」

她決定正面看待穆向桐對她所做的一切，然後回以更正面的回應。

「陶冬葵……」他說這些只是想點醒她，並不是想激怒她。

「我沒有你想的那麼呆，就算我打算去做人工受孕的那個點子很笨好了，但至少我可以證明我對人生還是有憧憬跟目標的。」

「妳已經說過很多遍了。」她永遠都想證明她是有夢想的，但她的夢想跟實際

人生老搭不上線，他並不覺得她的人生有什麼好嫌棄的，至少她的日子過得很單純，這應該算是種好事吧？

「我會證明給你看！」陶冬葵信誓旦旦道。

「沒有必要這樣，我覺得妳就這麼過妳的人生也不錯。」

「不不不！我會過得比現在好！」

「別傻了。」

「穆向桐，我一點都不傻！」她突然高分貝的對他吼道。

她的反應讓穆向桐震了一下，但他隨即用平緩的語氣試圖讓她平靜下來。「妳知道我不是那個意思，妳不需要為了證明什麼而改變自己。」

「不，我真的需要改變一下，說真的，有時候我比你還要討厭我自己。」

第八章

其實穆向桐並沒有她說的那麼討厭她，只是她說要改變是什麼意思？

一開始還不明白她的意思，直到回到家，點開手機一看，他就明白了陶冬葵是什麼意思。

她社群網站上那原本平凡得讓人不會多看幾眼的風景照大頭貼，當晚就換成燦爛迷人的笑顏照！

但那還不能完全解釋她的決心，她像是要證明什麼似的，隔天一早竟然換上一張她穿著合身上衣自拍照，雖稱不上爆乳，但衣服未免也太過合身，除非瞎了眼才看不出她身材有料。

「哇哈哈哈……」穆向桐才進辦公室就聽見周雪若放肆的笑聲。

「懷孕了嗎？笑得這麼開心。」他可是一點都開心不起來。

「才不是！」周雪若舉起手機，放大了陶冬葵的自拍照秀給他看。「我看這回冬葵是開竅了，但我嫌她這照片一點也不養眼，我跟她交代過好多次了，事業線才是王道！她還上網研究什麼自拍祕笈，我跟她說那太慢了，笑容再怎麼甜美純真，還不如事業線吸引人，所以我就訂了一件低胸V領的上衣給她，包準她穿上那衣服隨便照張相，男人看了鐵定『一溝斃命』！除此之外我還幫了她一個小忙，把她那張照片分享出去，現在她光是接收好友邀請就接不完了！」

穆向桐聽了直翻白眼，這算什麼小忙？她簡直是挖了洞要讓陶冬葵往下跳。

「那不好吧？她怎麼說都是個老師，穿得太清涼，恐怕不符社會觀感。」

「拜託！你又不是不認識她，她有可能做出什麼有違善良風俗的事嗎？你也未免太看得起她了！」

說的也是。穆向桐收起了不以為然的表情，清了清喉嚨，不再表示意見。

可是到了中午休息時間，他點開社群網站一看，情況比他想像得要來得轟動許多，原本陶冬葵那少得可憐的好友名單，突然一下子暴增了十幾人，那就算了，到了晚上人數更是直接超過五十人。

「今天晚上要去試菜嗎？」穆向桐忍不住打電話給她，他們近來總是會相約一

起晚餐，打這通電話算是很合情合理的。

「我今晚跟朋友約了要去吃別家餐廳的菜，知己之彼，百戰百勝嘛！」

「朋友？什麼朋友？」她的交友狀況不就那幾個固定咖，還有誰是他不認識的？

「是倩姨在社群網站上介紹我認識的新朋友，他以前也開過餐廳，看了我之前寫過餐廳的事，就給了我一些建議。」

「倩姨也介紹朋友給妳認識？」沒想到這年頭人人上社群網站，他早該猜到常倩一定也有玩。

陶冬葵也不想瞞他，便跟他說了今天倩姨在社群網站上分享了她的照片，沒一會兒來了一堆交友邀請，既然是倩姨的朋友，她也不好意思拒絕，其中一個跟她傳了一下午的訊息，得知她最近正在忙開店的事，就給了她很多建議。

「……我覺得他的意見都滿有道理的，成本控管的確很重要，他說他以前開的店就是……」

「以前開的店？那就表示店現在已經收起了？」

「他說因為太忙，而且成本控管有問題，所以才轉讓出去。」

「總而言之就是開倒過一家店，成就一個失敗的例子，妳還期待可以在這種人身上學到什麼？」

「學到他失敗的經驗。」

「妳還搞不清楚狀況啊？他失敗的經驗只能用來唬妳這種人。」開倒一家店還有臉跳出來給意見，陶冬葵還真把對方當經營之神嗎？

「我……我才不是你說的那樣，再說……我也覺得多認識朋友很好。」事實上，她的確答應得有點匆促，因為少有人約她約得如此直接，她一時間有點慌了手腳，加上前一晚她才被穆向桐看成傻瓜，她想證明自己有改變的決心，但不管她是怎麼答應的，她總有交友的權利吧，不需要向穆向桐解釋這麼多。

「妳這麼想認識那些人，就別拿開店的事當藉口，妳覺得好就好吧！我看我現在跟妳說再多妳都聽不進去，多說無益。」

陶冬葵不敢置信的看著手機上顯示通話已結束，才確認穆向桐丟了「多說無益」這四個字便結束通話，而且他還要她別拿開店的事當藉口，好像她真利用了開店的事當跟別人約會的理由，更糟的是她一開始還真的是拿開店的事當藉口，這下穆向桐肯定更看不起她了。

但她為什麼要為了他的想法而困擾？他哪會懂像她這種處於長期空窗的孤寂，像他那樣的人隨便一個彈指馬上就會有一堆女人蜂擁而來，他根本不明白渴望戀愛的人會為了愛做出多少努力，除了嘲笑以外，他哪懂得體諒她的感覺？

像他那種人就算她再怎麼解釋，也永遠得不到他的認可，隨他怎麼想吧！她的感情生活本就不該被穆向桐的個人想法所牽制。

陶冬葵有些賭氣的做了看起來較有女人味的裝扮，雖然不是帶著事業線出門的性感造型，但好歹也算是風情萬種的裙裝現身，她就不信自己一點機會都沒有。

前來赴約的趙超凡顯然很吃她這一套，至少她看見他雙眼盯著自己閃閃發亮，就算再呆都看得出來趙超凡對她很感興趣。一整晚下來，趙超凡為了表示自己對經營餐廳很有一套，講了一大堆的經營理論希望得到她的欽佩，但聽在陶冬葵耳裡，卻怎麼都像是催眠曲，怎麼聽怎麼讓人昏昏欲睡，還好趙超凡不是老師，不然台下一定睡成一片。

一樣是對經營餐廳的理論，怎麼穆向桐跟她討論的時候就顯得有趣多了？

或許就差在互動吧？趙超凡為了表現出他很瞭的樣子，壓根不給她開口的機會，反倒是和穆向桐談論這些話題時，他常詢問她的意見，就她的觀點來發想，讓

她也有機會參與，其實穆向桐有時也不是那麼討人厭的……

不行！她還是得想想別的，不能把所有事都跟穆向桐連結在一塊兒。

以往像趙超凡這種平凡長相的男人絕對是她的菜，她從來都不愛那種帥哥型的男人，像穆向桐那種帥得亂七八糟的更是她的拒絕往來名單，她絕對是跟穆向桐在一起混太久，連喜好都被改變了。

真糟！陶冬葵發現自己不管做什麼事，跟誰在一起，總是會把所有事跟都穆向桐扯上關係做聯想。

一定是這約會對象太乏味，才讓她不停的想起穆向桐，最後陶冬葵真的撐不住沉重的眼皮，草草結束這彷彿聽了一場念經大會的晚餐約會，她還搬出還要回家出考卷這種理由好提早脫身。

❁ ❁ ❁

「昨天晚上的約會怎麼樣？」一早就接到周雪若的電話，顯然她早已經得到消息了。

「聽他唸了一晚的催眠經，我一回家就呼呼大睡了。說真的，這是我這陣子以

來睡得最飽的一次。」

回想這陣子每次和穆向桐見面，回家後她總是維持著精神亢奮的狀態，就算是躺在床上，還是會不斷回想穆向桐所說的每句話，甚至他每一個動作都會在她腦海裡不停反覆播放好幾次，感覺她就像是青春期的少女，因為能有機會接近偶像而興奮得無法成眠。

陶冬葵很厭惡這種舉例，但她不得不承認自己表現出來的就是如此，即使她不願承認穆向桐就是個讓人迷醉的偶像型人物，跟他在一起的確是比較有趣。

只是沒想到跟別的男人約一次會就讓她回家直接躺平，隔天她甚至連趙超凡的長相都不太記得。

「這麼慘？我看他對妳挺有興趣的，妳八成還沒去看妳的社群網站，他從昨晚就開始對妳發布過的訊息一個個的按讚兼留言呢！」

「我一點興趣也沒有，他讓我想起以前教過的一個有瘋狂表演慾的男學生，不管什麼事他都要舉手說他會，不給別人說話的機會就猛表現。」還真給穆向桐說中了，如果趙超凡不是那麼急於表現的話，還不至漏洞百出，偏偏他為了要顯示出他是個開餐廳老手，講得越多反而聽起來越像是不懂在裝懂，她最後完全不想插嘴是

因為不好意思戳破他的謊言。

「說真的，穆向桐比我懂男人。」陶冬葵最後下了結論。

「哈！他對女人懂得就不多了，頂多就一條線。」

「什麼線？」

「還有哪一條？當然是事業線啊！妳以為昨晚就妳有約會啊，我今天一早就看到他跟爆乳女郎的合照被PO到網路上。」

「什麼？他放了他跟別人的合照？」

「怎麼可能會是他放的？當然是跟他合照的女人放上網路的，妳也知道很多女人就是喜歡來這套，放張自己和某名人的合照，想營造出什麼假象，我們大家都心知肚明。不過我老闆也好笑，妳換了照片後他還正經八百的說這樣不好吧，為人師表恐怕影響形象，那他自己怎麼就專吃這套呢？」

「我又沒放什麼不雅的照片。」陶冬葵立刻抗議，她不過是把以前的風景照換成自己的相片而已，而且別說是事業線了，她連鎖骨都沒露出來。

「這我就不明白了，有些男人可以允許別的女人袒胸露乳，可是對自己在意的人，就算露根小指頭都會氣急敗壞。」

「妳什麼意思？」

「我哪知道你們兩個是什麼意思？一個出去約會，另一個也不甘示弱，我還等妳告訴我，你們兩個到底在玩什麼把戲。」

「我們……我們不是妳想像的那樣啦！」

「那就測試一下啊！」

「測試什麼？」

「今晚單身餐廳不是要試營運嗎？我陪妳去，但妳得換上我送給妳的那件上衣。」

「什麼？」那件低胸合身上衣？「那件……不適合啦。」

「又不是要妳穿去學校，而且有我在，妳怕什麼，就當是個簡單的測試。再說……我覺得這樣氣氣穆向桐也挺好玩的。」

「我的目的又不在於氣他。」

「跟他唱唱反調也很有趣啊。」

「我為什麼要跟他唱反調？」

「為了證明自己啊！證明妳還是個有魅力的女人，妳只是不愛用身體來招蜂引

蝶，可是妳還是有這條件的。讓他明白不是妳不努力，只是有些男人就是看不見潔身自愛的女人。」

❁ ❁ ❁

單身餐廳的裝潢都已經差不多了，員工們也集訓了好幾天，加上餐廳前幾天才上了新聞，創新的風格和針對時下最流行的單身話題，試營運立刻就吸引了人潮湧入。

「不好意思，陶小姐，現在全部客滿了。」服務生對她露出抱歉的笑容。

店長卻喜形於色的向她報告，「不過因為是單身餐廳的關係，大家都是吃完了就走，所以翻桌率非常高，等一下就有位子了。」

「沒關係，這樣很好。」看到這陣子的心血沒有白費，就算今晚吃不到晚餐，陶冬葵一點也不生氣，反而止不住滿臉的笑意。

「對！對！不用刻意留位子給我們，位子都讓給客人，把口碑打出去比較重要。」周雪若跟著說。反正她今晚的目的不是來吃飯的，倒是穆向桐呢？「穆先生今晚有來嗎？」

「他每天都會過來，咦……」店長眼尖的看到穆向桐的車就出現在外頭的車陣裡。「那是穆先生的車吧！」

陶冬葵和周雪若同時轉身，果然在車潮中看見那輛顯眼的房車。

陶冬葵急著要把爆滿的好消息分享給他，想也不想的快步走向他的車，就在她走近時，車窗也降了下來，她低下身子滿臉藏不住笑容的正要開口——

「妳身上穿的是什麼東西啊！」

她話都還來不及說，穆向桐的怒罵聲就先從車內傳了出來。

穆向桐一雙利眼簡直都要噴火了！

他遠遠的就認出了陶冬葵的身影，那長度過膝的雪紡裙，搭配了一件粉色系上衣，腰間的深色腰帶勾勒出她的窈窕曲線，讓她看起來既優雅又纖細，但她轉過頭對他露出的甜美笑靨，讓他愣了一秒，而她想也不想的朝他快步奔來，更是讓他心頭一陣莫名的甜蜜，可是他降下車窗後，發現她身上穿的竟是一件窄版合身上衣，而且胸前還有道讓人無法忽視的深溝，當她低下身時，那雪白的胸幾乎就要擠出布料之外，他怎忍得住心頭的怒火。

「你說什麼？」

原本的好心情全被他的話給罵沒了，陶冬葵整個傻住。

「妳馬上上車！」穆向桐才不管她是不是嚇傻了，立刻又吼了一句。

「我……」

沒想到身後的周雪若竟然推了她一下。

「我看妳還是上車好了，我老公突然回台灣，我得趕回去。今天餐廳生意好到不行，你們就別進去讓大家更忙了，快離開吧，不然要擋到客人的車了。」

周雪若一邊說著，一面將陶冬葵推上車，幾句話就把她打發給穆向桐了。

陶冬葵傻愣愣的被推上車，直到車子轉了兩個彎繞進一間精品店，她才被穆向桐拖下車。

「我真搞不懂妳這女人在想什麼。」

「我才不懂你到底在生什麼氣……」陶冬葵小聲的應了一句。「明明生意好得不得了，你沒看到店門口大排長龍嗎？這個單身餐廳的計畫是可行的，店長還跟我說，因為不用浪費時間跟別人說話，客人都是吃完了就走，所以翻桌率比我們預期的還高。」

「妳別告訴我，妳穿成這樣是為了幫忙衝業績。」

「我穿成什麼樣了?」陶冬葵怒瞪他一眼，低頭看了看自己，聲音立刻變小了，呃……是有點溝啦!但他應該見怪不怪了吧?昨晚跟他一起拍照的女人比她還要誇張許多。一想到這兒，她忍不住挺起身子，一副我才不怕你的樣子。

「進去買件衣服把身上的換掉，我付錢。」穆向桐停在店門口要她進去。

「我不要，這是朋友送我的衣服，我今天就是要穿這樣。」

「陶冬葵!」

「你別以為我沒看到你昨天跟誰合照，那女人的事業線幾乎都開到腰了，你站在人家旁邊倒是顯得很淡定啊!」

「我幹嘛不淡定?我又不認識她。」

「你不認識她，那你幹什麼跟她合照?」

「身為某種程度上的名人，這種情況又不是第一次。」加上現在智慧型手機盛行，大家幾乎隨身都帶著攝影器材，有些人認出他便提出合照的要求，這又不是什麼了不起的事。更何況他還沒說什麼，那女人就貼過來拍照，動作快得他還沒擠出笑容就結束了。「我之前跟妳去吃麵時，不是也有跟麵攤的老闆一起合照。」

「那不一樣!」

「有什麼不一樣？」

「麵攤老闆又沒露事業線！」

「所以妳在意的是事業線？」

穆向桐挑高右眉，彷彿抓住了她的把柄。

「你不也很在意我的事業線嗎？」陶冬葵像是想起了什麼，挑釁的看了他一眼。「反正我今天就是想穿這樣。」她只差沒再補上一句：不然你能拿我怎樣？

「妳純粹是想跟我唱反調吧？」

當然是！但她怎麼能承認，更別說她突然覺得穆向桐這副憤怒的樣子挺有趣的。

「陶冬葵！」

「你不要站在人家店門口一直喊我的名字好不好？奇怪耶你！」

她好歹是個老師，平常只有她這樣喊人，穆向桐該不會以為她被他這麼一喊，會乖乖立正站好吧？

「妳……」那句流行語可是人妻對著人夫喊的，穆向桐想提醒她，但才說出一個字，他又忍了回去。

「穆向桐。」她學著他不停喊著他的名字，但口氣卻不似他的惡霸。「穆向桐、穆向桐……」

「幹嘛？」聽她喊自己的名字，聽久了還滿順耳的，但他還是維持不悅的表情。

「我餓了。」

就算她裝出再天真無邪的表情，穆向桐都看得出來她眼裡透露出的慧黠，她跟他一樣感覺到了兩人之間的氣氛有了不同，和她對望了幾秒，有種新的互動模式開始在兩人之間成形。

「那就走啊！」

「我們今天吃麵好不好？」

「隨妳便。」

即使他的回應冷淡，可是主動握住她的手所透露出來的溫度卻不是那樣的冰冷。

看吧！雖然她從來沒打算要引誘穆向桐，但陶冬葵不得不承認事業線這招真的很有效，如果真要靠事業線才能逼出點成效，那……大家就走著瞧吧！

第九章

一旦未來多了那麼一點可能性，接下來的發展就加速了起來。

他們彼此都可以感覺到對方的在意，但撐了好幾天卻沒人再跨出一步，這等待有點讓人心急，同時又讓生活備感甜蜜，一想起穆向桐，陶冬葵覺得臉上忍不住漾出喜悅的笑容。

就像是要挑戰什麼似的，她再也不在乎學校其他老師的目光，反正她就是拚了！這年頭如果真要在事業線決戰才能得到幸福，她不見得會輸，而她認為如果對象是穆向桐，那很有一戰的必要！

「別告訴我妳今天穿這樣到學校？」

穆向桐皺眉看著她那件斜肩式的上衣，雖然事業線不再外露，但肩頸線條一覽無遺，寶藍色的上衣襯得她那白裡透紅的肌膚更加令人垂涎，陶冬葵最近也未免玩

太大了。

「當然不是，今天在視聽教室上課，裡頭冷氣可是很強的。」

「所以妳是故意換這件的？」

「唉！」陶冬葵刻意嘆了口氣，裝出一副無能為力的模樣。「我連事業線都收起來了，你意見怎麼還是這麼多？」

穆向桐翻了個白眼，天曉得她會不知道她穿成這樣對身體健康的男性有多大的衝擊，他開始懷疑她這身打扮根本是故意考驗他的。

「今天想吃什麼？」

美其名是要去視察店內的情況，但連著幾天上門，店裡的生意好得不需要他們擔心，他們只好持續向外發展。

「你想吃什麼？」

她不是個凡事只以自我為中心的人，這幾天穆向桐都讓她決定，那她也能依他幾次。

「要讓我決定？」

「是啊！」她一副有何不可的聳了聳肩。

「好，那就跟我走。」

穆向桐開著車在速食餐廳的車道裡點了食物外帶，然後車子駛進上億天價的豪宅社區裡。

陶冬葵感覺自己心跳得越來越快，她知道他就住在某座豪宅社區裡，但沒想到自己有一天能跟著他一起通過層層關卡，進入這有著重重警衛保全的大樓內。

當電梯來到他住處所在的樓層時，踏進明亮的走道裡，他正要打開大門時，她終於忍不住的問：「這是你家？」

「對。」

當他回答的同時，大門開啟，她跟著穆向桐走進未開燈的屋內。

「你怎麼會帶我到你家來吃呢？」

帶著不安的心，她看著他將裝著食物的袋子往旁邊的櫃子上放，反手將大門給合上，門一關，屋內隨即陷入一片黑暗。

「因為只有在這裡我才能這麼做……」

陶冬葵在黑暗中看不見任何東西，卻可以感覺到他伸手捧住自己的臉，接著他溫熱的呼吸就襲上她的臉頰，然後她的唇被吻住了……

或許她應該開口大叫，但這是她渴望了好久的吻，吻她的人是穆向桐，這在過去她根本無法想像的人物，此刻正擁著自己。

他的吻是那麼的溫柔，即便她看不見，可是從他身上傳來的溫柔卻是她能感受得到的。她以為所謂的熱吻，就應該是那種吻得你死我活、喘不過氣來的才算，但穆向桐的溫柔依舊具有驚人的殺傷力。

火熱的激情在黑暗中迸發，這陌生的狂潮幾乎淹沒了她，她沒有預料到會來得這麼快，但它發生時又是這麼的理所當然，只因她的對象是穆向桐，除了他以外，她再也想不出能容忍誰親吻她，就只有他啊！

她的雙腿沒有力氣支撐身體，穆向桐像是知道她的虛弱，拉著她在黑暗中移動，她的腳步混亂，偶爾理智會將她拉回現實裡，要她推開這誘人的一切，卻抵不住穆向桐的力道，幾次讓她虛軟的倒向他懷裡。

當她再一次感覺到自己的雙腿化為軟泥，正想攀住他得到支撐，卻被他往後推去。

沒有預期中的摔在地面，而是整個人陷入了柔軟之中，再呆她都知道自己躺在床上。

「不行……」

身下的柔軟不停的說服她躺著，但理智卻要求她振作些，可惜她完全使不上勁推開壓在身上的龐大身軀，穆向桐將她困在床墊和他結實的身體之間。

「妳應該要知道妳穿成這樣對我有什麼影響。」

這就是所謂的玩火自焚嗎？

「這裡這麼暗，你哪看得到……」她試著開玩笑，但胸口的柔軟立刻被他的大手包覆住，她忍不住倒抽一口氣。

「妳知道這幾天我一直想著要這麼做……」

他輕柔的撫摸讓她顫抖了起來，陶冬葵緊閉著眼，卻逃不出那充滿魅惑的挑弄。

「別……」她的手無力的握住他的手臂，卻無法阻止他的動作。

「妳知道我要花多少力氣才能忍著不把這衣服從妳身上扯下來嗎？」穆向桐一邊吻著她的肩，一邊使力將她的衣服拉下肩，裡頭的蕾絲胸衣早被他解開，清涼的空氣立刻撲上她裸露出來的肌膚。

他循著她的鎖骨將吻往下灑落，精準的吻遍了她每一寸渴望人疼愛的身子。

這宛如陷入惡魔陷阱裡的誘惑讓陶冬葵既沉迷又擔憂。

「我不能……我不能莫名其妙的在黑漆漆的房間裡就……」

沒等她說完，穆向桐就補上了一句：「如果妳願意把眼睛睜開，妳會注意到我早就把燈打開了。」

陶冬葵連忙把緊閉的眼睜開，果然房裡雖然不至於燈火通明，但浪漫暈黃的燈光，也能看清楚彼此了。不過嚇壞她的還不只於此，當她發現兩人交纏的親密姿勢時，確認了那不停用撞擊暗示著她的火熱部位的確是存在的，這發現讓她忍不住想從床上跳起。

「喂！妳不會這時候還想跑吧？」穆向桐把她壓回原處。

「我……我想我們……可能進展得太快了。」她沒想到兩人的發展會如此迅速火熱。

「妳不是一向很讚賞我凡事速戰速決的處理態度嗎？」他可沒忘記她給過自己的稱讚。

「但感情這種事，不是可以速決得了的啊。」她緊張的澄清，穆向桐跨坐在她身上，頭髮已經不像今晚剛見他時那麼整齊，撥亂的髮絲就落在他額前，而他精壯

的上身更是讓她差點移不開目光。

「我知道了。」

聽似讓步的話語讓陶冬葵鬆了口氣，只見他隨手拿起了一個遙控器，隨後房裡的燈光一暗，接著方才的火熱再度上演……

她試著在空隙間搶著發言，「你不是說……」

「我們已經浪費了幾個月時間在慢慢摸索，既然妳似乎只有在黑暗中才能適應，那不如妳就當今晚的一切只是場夢好了，之後妳打算再怎麼慢慢進行，我都OK！」

「你……」

強硬的吻截斷了她所有的話語，穆向桐將美人擁入懷中，這一切可是被她逼出來的，他早就說過別那麼穿，現在釣上了他這尾大魚，想甩開，可沒那麼容易了！

＊　＊　＊

她是做了一場夢沒錯，但是美夢還是惡夢這點實在很難斷定。

事實上和穆向桐在一起的生活，就像身處於夢境之中，周雪若問她跟穆向桐交

往的感覺是什麼，她很難說個明白。

「妳覺得他跟我是在交往嗎？」

「不然呢？老闆最近滿面春風，他以前可是裝酷大王，連要找誰電話都是由我代打再轉給他，誰打給他他都冷著臉跟我說不接，現在他的手機都是他自己拿著，別以為我不知道他都打給誰，吃午餐的時間他都要打給妳問妳在幹嘛，妳覺得這還不算嗎？更別提我還知道妳昨晚在他那裡過夜。」

昨晚朱炮不在台灣，看了恐怖片後周雪若整晚睡不著，想到她那兒過夜，沒想到打了電話竟然是穆向桐接的。

「我不過才問了他妳什麼時候會回家，他竟然跟我說妳不回去了。」

「妳也知道他那個人就是……」

「就是霸道慣了，再加上你們確實是在談戀愛？我本來就不該打擾你們，說真的，我還覺得妳會比我早大肚子……」

「妳在講什麼啊！」陶冬葵狠很推了她一把。

周雪若瞪她一眼，「還好我下盤夠穩，要不被妳這麼一推鐵定是要摔死的。」

「妳知道他根本沒那個意思，以前他笑過我多少次，說我什麼滿腦子都是愛情

幻想，什麼永遠只把結婚擺在第一順位，妳都忘了嗎？」

「那又怎樣？那是以前，他以前也認為自己看不上妳，現在還不是沒事就一直打電話問妳人在哪裡，最扯的是前兩天妳忘了帶手機出去，他找不到妳居然還打來問我。」

「總之……我跟他是不可能啦！」

「為什麼不可能？血淋淋的教訓就在妳眼前，我以前也覺得自己還年輕，之前為了人工受孕做了行前檢查，後來因為朱炮，我就沒再注意這件事了，這陣子我跟朱炮開始考慮生孩子了，連續三個月都失敗，我把那份行前檢查找出來，這才發現我的卵子剩下不到別人的一半。」

「那應該還是生得出來吧？」

「相對機率就變小啦！搞得我最近情緒起起伏伏，煩都煩死了！我已經決定了，如果這個月再失敗，我就要直接去看不孕症門診，因為我沒時間再拖下去了，我現在卵子還剩一半，明年我可能連一半都不到，後年可能就……」

「沒那麼糟啦！妳不要自己嚇自己。」

「妳不知道現在不孕症的人口有多少，朱炮嘴裡說他才不在乎有沒有小孩，但

過幾年等我真的生不出來了，他看到身邊的朋友都在抱孩子，他就會開始發現其實他是在意的，既然我生不出來，那他可能就會去找別人生，妳知道朱炮是獨子吧？」

「雪若，妳真的想太多了，不會這樣的，妳別那麼擔心嘛！」這還是陶冬葵第一次看到周雪若這麼無助和慌亂，她趕緊拍拍好姊妹的背，希望能給她一些鼓勵。

「可是我的卵子只有一半，妳知道那代表什麼意思嗎？」

「我知道，不過還是有別的方法可以想啊！」

「卵子捐贈嗎？妳要捐給我？」

「如果妳需要的話，我OK啊！」陶冬葵想也不想就應道。「妳跟朱炮絕對會是一百分的好父母，而我又用不到。」

「我就知道妳是我的好姊妹！這麼講義氣，竟然連想都沒想就答應。」

「因為我對妳有百分之百的信心，妳絕對可以的！如果真的不行，妳還有我。我絕對挺妳！」

❀ ❀ ❀

單身餐廳的業績超出預期的好，人潮多到店都開了一個月，他們兩人都沒機會到店裡用餐，所以穆向桐決定要開第二家分店，正好學校也放寒假了，所以一有空陶冬葵就開始了苦行僧的工作，搭著捷運四處尋找適合的地點。

等到穆向桐下班，她就把一整天苦尋的成果和照片拿給他分享，她甚至還做了單身族最常出沒的地點調查，還列了一張計畫表，對照現行的餐聽運作模式，做了幾個可改善的目標。

「你知道我會來你家純粹是為了這個按摩浴缸吧？」陶冬葵舒服的躺在浴缸裡，閉著眼享受這頂級的泡湯。

「我知道。」穆向桐拿著手機走進浴室裡對著一臉陶醉的她說，「麻煩妳有空把這個人給刪了！」

他搞不懂她的眼睛是出了什麼問題，為什麼喜歡那種沒型沒款的男人，別說是把T恤下襬塞進牛仔褲腰裡，就連髮型都維持七〇年代的阿公頭，光看就讓人傻眼。但以冬葵欣賞的另類角度，她似乎很受這一型男性的吸引，所以每次看到那個人又跑到她的社群上按讚，他就覺得像是被人踩著了痛處。

他們都已經在一起了，冬葵總該把其他雜草給一一拔除才對，怎麼這傢伙還一

直在她的好友名單裡，這個礙眼的存在事實讓他有點不高興。

「那是倩姨的朋友，刪了有點不好意思。」陶冬葵躺在浴缸裡玩著泡泡，一點也沒把他的不爽放在眼裡。

「有什麼不好意思，道不同，不相為謀，妳以前不也這麼跟我說過，妳對我可一點都不假辭色，為什麼要妳把這個人刪了，妳卻拖拖拉拉的好幾天，讓他在上頭整天對著妳按讚。」

「你應該比誰都清楚我沒理他吧！」

她都好幾天沒上社群網站，全是他自己在糾結那個趙超凡的存在，聽起來頗像是在吃醋，但有必要嗎？

該吃醋的到底是誰啊？

她在網路上打出他的名字，輕易就能搜出一堆他和女孩子的合照，那看了才叫人吐血吧?別說是事業線了，連股溝都出現過，即便穆向桐維持神祕感，沒有經營什麼個人粉絲團，平常用的也是私人不對外公開的帳號，但他現在竟然會為了一個她好友名單裡的人而大吃飛醋。

「妳就不能刪了他嗎？」

「你為什麼這麼在意？如果真要他死心，我大可放上一張我們兩人的合照不就夠了嗎？」陶冬葵故意這麼問他。

這麼一來，不就可以公開他們兩人的關係嗎？她一直很在意穆向桐上面顯示的單身身分，他們可以一起公開戀情啊。

沒想到穆向桐竟然揚起眉反問：「妳也想露事業線？」

「哦！原來跟你一起合照非露那條線不可。」她裝出一副理解樣，點了點頭，拿起一旁的漫畫看。

如果他大方同意公開兩人的照片，她或許會直接把感情關係改成戀愛中，用以證明她是認真看待兩人的關係，但顯然穆向桐只想用玩笑心態轉移話題，那她也行！

「陶冬葵，妳到底有沒有在聽我說什麼？」

「聽見啦。」她輕快的應了聲。

「那妳刪不刪？」

「不刪。」

她連頭都沒抬就直接給了答案。

「妳說什麼？」

穆向桐不敢相信她竟然給了他這個答案。

「沒想到你竟會為了這種雞毛蒜皮的小事跟我盧這麼久，穆先生，你越來越不像你了喔。」

陶冬葵將手上的漫畫舉起來，把臉藏在書後偷笑。是誰一口咬定她一心一意就是想結婚，是誰輕蔑的嘲笑她的愛情觀？現在連個她懶得上去看的社群網站有誰按了讚都能惹毛他，穆向桐先生最近的改變還真大。

「妳說說，怎樣才像我？」他一把抽走她手中的漫畫。

「嘿！我還在看啊……」她趕緊搶回來。

「看什麼漫畫，我在跟妳討論很重要的事。」

「漫畫對我也很重要，我是動漫社的指導老師。」

「妳先說我哪裡不像我了？」

「我怎麼知道？我區區一個小女子，哪能摸得透你啊。」

「你少得了便宜還賣乖！」

這點穆向桐完全無法認同，最近唯一有機會把他摸透透的人也只有她，而她摸

的時候還挺開心的！

「我覺得你最近對我有很深的敵意。」陶冬葵放下手上的漫畫，裝出一臉的無奈。「如果你不喜歡我在這裡，那我回去好了。」

她一站起身，他立刻遞了件浴袍給她。

陶冬葵當著他的面慢慢的穿上，跟這男人在一起久了，她自然了解他喜歡什麼，目前她的身體是他非常有興趣的項目。

果然她才走回房間，衣服都還來不及穿上，就被人拉著倒向大床上。

穆向桐身上迷人的氣味竄進她的鼻子裡，陶冬葵提醒著自己別太快被他迷惑。事實上，她並非如完全摸不透這男人，只是她更清楚一旦穆向桐認為吃定了她，或許就不會如同現在這般在意兩人目前所擁有的一切了。

他的吻才落下，她的臉跟著閃躲開來。

「妳在跟我玩什麼把戲嗎？」

「我能玩什麼把戲？」她抬起頭，裝出無辜的表情看著他。

打從兩人有所發展後，她一直表現得很配合，努力克制自己不做個黏人精，既不撒嬌，也不緊迫盯人，一切全因為初識時穆向桐認定她是那種把結婚當成感情唯

一終結點的急婚女，所以當兩人有了發展，她反而表現得更漫不經心。

「妳不是這樣的人。」

「你應該不希望我時時刻刻緊迫盯人，為了你的過往情史或花邊新聞狂吃飛醋，然後壓著你的脖子強迫你得為我負責吧？那聽起來會不會太恐怖了些？我恐怕沒辦法勝任。」

她一邊說，一邊幫他把髮絲往一旁撥去，就像對待一個吵鬧的孩子般的包容。

「所以妳是為了我才這樣嗎？」

「我應該要為了你做這些嗎？不如你告訴我好了，告訴我你需要什麼樣的人，我們再考慮看看適不適合繼續，你知道我很急著找對象，恐怕不適合浪費太多時間在不對的人身上……」

沒等她把話說完，穆向桐就結結實實的吻住她，不讓她有機會逃開，試著用吻讓她明白自己對她有多在意，在意到連他都覺得自己像是瘋了一樣。

陶冬葵可以從他帶了些許霸氣的親吻中感應到他的不悅，但心裡卻悄悄的笑了起來。

急嗎？她當然急著找到自己的真命天子，但此時此刻，她卻更確定自己是喜歡

穆向桐的，雖然不能確定是否能和他一輩子走下去，可是這一刻卻是她人生中第一次感到幸福，所以她急什麼?她一點都不急著離開他，只是偶爾看他失控的想抓緊她，透露出了他對她的在意，而這讓她覺得自己對他而言是有重要性的。

「所以你只想跟我建立肉體上的關係，卻不打算告訴我你需要什麼樣的女人，好讓我去思考自己是否適合?」

「妳把我說得好自私。」

「你也覺得這種處理態度很自私啊。」

「那妳呢?妳打算怎麼樣?」

「看著辦吧，至少現在我還滿喜歡你的。」

「如果哪天妳不喜歡我了呢?要回去社群網站上找姓趙的?」

「哈……」陶冬葵伸手抱住他。「別擔心，至少現在知道我的事業線真的挺有辦法的，不只是姓趙的，它會幫我找出很多其他的選項，這點小事由它來處理就行了!」

話才說完，穆向桐發起了另一波更猛烈的激情侵略……這男人啊!真是很會吃醋。

第十章

經過一整晚的奮戰，穆向桐最後還是順利的把礙眼的障礙物從陶冬葵的社群網站上給刪了，免得他總覺得有人覬覦著自己的所有物。

看他完全不掩飾的開懷，陶冬葵只覺好笑。

「這樣你就開心啦？」

「當然，兩個人在一起不就是應該要讓對方覺得開心嗎？妳沒看雪若最近一定是朱炮惹了她，所以她上班都臭著臉。」

「喔……」陶冬葵點了點頭。「她跟我說她那個來了。」

「她又不是最近才變女人的，這應該不是主因吧，她以前也不會這樣。」

「現在每次一來，她的心情就會陷入低潮，我想你可能要習慣一下，過幾天我會陪她去檢查。」

一天。

「她生病了？不是吧？我看她挺健康的。」穆向桐無法想像周雪若會有生病的

「不算是生病，因為她那個來了，就表示她沒有懷孕，所以她……」

穆向桐總算懂了她的意思，但他不明白的是……

「她不是不急嗎？」

「她最近開始急了，前陣子她去照了卵泡，但情況不太好，本來也不覺得有什麼，可是連著幾次都沒中，她就開始急了起來。」

「可以做人工受孕不是嗎？妳們兩個以前不是對這一直很關注。」

「講得真輕鬆，如果沒有卵子要用什麼來做？昨天雪若還問我可不可以捐給她。」

「妳怎麼說？」

「我要她別放棄，現在醫學這麼進步，只要好好調養身體，她還年輕一定還有卵子可以用，如果真的不行，要幾個我都給她。」

「妳要把自己的卵子給她？那是妳的孩子耶！而且妳有沒有先問過我？」

穆向桐突然將摟著她的手抽開，一副火大模樣的從床上跳了起來。

「我沒生出來就不算是我的，更何況朱炮跟雪若絕對會是一百分的好父母。」

「妳覺得我能忍受妳跟朱炮有小孩嗎？」

「你……」她沒有想到這一點，而她的表情說明了一切。

「妳根本沒想到我！妳居然完全沒有考慮到我的感受。」

「那是因為我對雪若很有信心！我相信她絕對可以生得出來，只是在她絕望的提出要求時，我當然要答應她好讓她安心。而且你應該知道那只是人工受孕，並不需要有肉體上的接觸。」陶冬葵急忙解釋。

「但那是妳的小孩！」

「那是卵子好嗎？」

「重點是妳做這決定的時候沒有想到我！」

怎麼這下她被說成是自私的了？她是沒想過他，但……是他讓她不敢去想的不是嗎？

陶冬葵突然覺得一陣心酸。

「我要想到你……你連在社群網站上都不敢讓我放上我們兩個的合照，你的感情狀況都填單身，你從來看不起婚姻跟家庭生活，你要我想到你？你要我提醒你當

初是怎麼嘲笑我的感情觀嗎？」

「我……」

穆向桐還未開口，放在一旁的手機突然響了，眼看時間已經接近半夜，會在這時打電話過來一定是發生了什麼，他止住怒火，轉過身接起手機。

陶冬葵坐在一旁，看著他發火，她也很想好好跟他談，向他好好解釋這只是朋友間的義氣相挺，但為什麼她得低聲下氣的求和？感情之間應該是平等的對待，而不是他要什麼她就全點頭，她都已經讓他刪了自己的好友名單了，他要什麼她都讓步了，包括他要她，她也全給了，他還要求什麼？

還來不及理清思緒，只見穆向桐結束通話，大步走進更衣間，一會兒後他穿上外出服走出來。

她瞥了眼床頭的鐘，已經半夜了，他不會一怒之下就離開她吧？

「你要去哪裡？」

「安養院打電話來，我要趕過去一趟。」

陶冬葵一聽大驚，安養院打來一定是有什麼重大的事發生，可是她來不及開口，穆向桐已經走出房間，接著傳來大門關上的聲音。

❀　❀　❀

寒假過完了，陶冬葵很想知如穆向桐當初所說的，把這一切當成是一場夢算了，但她的心情卻一直停在谷底。這是他們談戀愛以來第一次發生爭執，也是唯一的一次，她完全不知道該怎麼做。

穆向桐的母親臥病已久，他也說過早做好心理準備，接到安養院電話後隔天穆老太太便過世了，即便早有心理準備，這畢竟是大事，而這一切陶冬葵完全沒有任何介入的機會。

她有打電話給穆向桐，一向都親自接她電話的他，這回接電話的人變回了助理周雪若。

「他……他情況還好吧？」

「你們吵架啦？他把電話交給我接聽，我就說一定有問題，偏他嘴硬什麼也不說。」周雪若早料到事有蹊蹺。

「我……我也不知道。」陶冬葵並不想讓好友知道自己和穆向桐吵架的原因就是她，只能含蓄的帶過。

「過陣子他就好了，這幾天真的很忙，穆老太太不是一般人，後續有很多事要處理。」穆家原本想低調的辦理後事，但消息一被披露，就低調不起來了。

這些陶冬葵都能理解，她很想好好安慰穆向桐，尤其是這種時候，他應該很需要關心跟慰問的吧？

但她連跟他通電話的機會也沒有，讓她有種被排拒在外的感覺，雖然她和穆向桐沒有婚姻關係，可是她竟然連一點心意都無法讓他知道，這讓她感到很灰心。

感覺兩人的連結硬生生的被扯開，一旦這連結消失了，她就連一點主動的機會也沒有，陶冬葵這才明白自己在這段戀情中有多弱勢。

即便她知道雪若一定會替自己轉達關心之意，但感情不應該是這樣的啊！發生這種事，應該是由她陪在他身邊伴他度過喪親之痛，情況怎麼會變成她什麼都不能做？

眼看日子一天天過去，從新聞中，她知道穆老太太的後事已經處理完畢，但她和穆向桐依舊處於失聯狀態，不必說出口的默契讓她明白他們的感情路已經走完了。

開學後，回到過往的生活中，以前她習慣的安逸平淡，竟開始變得極度乏味，

或許真是和穆向桐的甜蜜戀情影響了她，一旦情感上有過牽絆後，突然回歸單身生活，她整顆人就像是失去了平衡，失落感總揮之不去。

「妳什麼時候還要再去檢查，我跟妳一起去。」

「月底。」

「好，那我預約掛號還要準備什麼？」

「妳也要檢查？」

「對啊！」陶冬葵努力讓聲音聽起來自然些。「行前檢查，妳知道的。」

周雪若當然知道行前檢查是什麼，那是打算出國進行人工受孕才要做的檢查。

「妳瘋了嗎？妳不是已經跟穆向桐……」

「這段日子他的手機都是由妳負責接聽，這樣妳應該很清楚，我跟他已經……」陶冬葵不想再多說什麼。「總之，我已經做好決定，現在做行前檢查，還要等報告跟做其他的準備，我得在暑假前把這些事都處理好，到時我才能飛到加拿大。」

「陶冬葵！妳覺得我會讓妳這樣做嗎？」

「為什麼不行？當初妳也覺得這樣很好。」

「情況不一樣了，我老闆會殺了我好不好？」

「這事關我的幸福，我想他應該不會在意吧。」

❈　❈　❈

雖然陶冬葵說穆向桐應該不會在意，但她還是抱持一絲希望，想像著他下一秒會殺到自己眼前來。

但，可能是她想太多了。

她很肯定周雪若一定會將此事告訴穆向桐，但等了三天，他還是沒出現，她就明白穆向桐是一點都不在意的。

一段短命的戀情就這麼結束，留給她的是一張單身餐廳的貴賓卡，坐在用布簾隔開的私密小空間裡，陶冬葵吃著美味的牛肉燴飯，陪著她的卻是手機上那一張張讓人看了就心痛的照片。

先是黃克連最新上傳的嬰兒照片，宣告他和爆乳妹的女兒已出世，但在爆乳妹懷孕期間，黃克連傳過私訊約她見面，所以這回她連個客套的讚也不會再給了，免得他以為她對他有意思。

接著是穆向桐的照片，這是他出席日本年會時所拍的，身邊依舊摟著某國外美豔CEO的合影，即便是穿著套裝，一樣是露著事業線的火辣身材，加上高大挺拔的穆向桐……

照片中的他帥氣逼人，眼神充滿了銳氣，英姿勃發，又帶著一些不可一世的傲然。

她怎能強求這樣的男人會為她改變？

還是先改變自己吧！

吃下最後一口飯，在離開單身餐廳前，陶冬葵把自己從社群網站上刪除。改頭換面，重新出發！就如同張曼曼為她做的新造型一樣。

這次的動漫聯展，她事先就要張曼曼把服裝交給她試穿檢查，愛情路她已經走得很坎坷了，她可不想讓事業線危及她唯一能掌握的事業。

把衣服帶回家，陶冬葵站在穿衣鏡試穿，這回事業線全收得好好的，頂多就是鎖骨見人，效果跟上次的「白荷女」造型比起來保守許多，只是背後有點涼颼颼，但她還來不及轉身多看幾眼，手機傳來即時通訊的鈴響，張曼曼很在意這次的服裝，一定是她想知道她檢查完這套衣服後有什麼想法。

還來不及回覆張曼曼的APP，接著就有電話打進來。

「檢查的結果還算讓人滿意。」至少沒有上回那件那麼暴露，拿起手機她想也不想就回答，心想應該是曼曼等不及她打字，親自打了電話來問。

沒想到對方一開口就讓她嚇了一跳。

「妳真的去做檢查了？」

是穆向桐的聲音！

「我……」

「我在妳家門口，妳現在來開門。」他用命令式的語氣說著。

「不行，我……」她還沒做好見他的心理準備。

還來不及再多說些什麼，門鈴聲就響了起來。

「穆向桐，我真的……」

「我會一直按下去。」他才不管她怎麼說，手就像是黏在了門鈴上不停的按著。

陶冬葵覺得手心直冒汗，但那催魂般的鈴聲逼得她不得不走上前開門。

「妳以為妳在幹嘛？」

門才開了一條縫，穆向桐就不耐煩的推門而入，她往後連退了好幾步。

「你要來我家怎麼不先跟我說一聲？」

「我剛不是打給妳了嗎？」

他還說得振振有詞咧！

陶冬葵望著他，明明心中有好多話想跟他說，卻擠不出一個字來。

穆向桐定睛望向她，突然發現她穿的衣服不太一樣。

「妳穿成這樣做什麼？」

「我在檢查學生這次做的動漫服裝衣服，這是她幫我做的造型。」像是察覺自己穿得有點怪，雖然這回的「白荷女」沒露事業線，但一般人是不會穿著動漫服裝的，她有點尷尬的轉身想找件外套披上。

但才轉身就聽到穆向桐倒抽了口氣。

「陶冬葵！」

那帶著怒意的叫喚惹火了她，不悅的抬起下巴，她睜著一雙大眼回瞪他。

「怎樣？」他憑什麼以為他可以用這種口氣喊她。

沒想到穆向桐幾個大步就走到她面前來，一把握住她的手。

這衣服正面看起來還算正常，但她那雪白的美背卻在轉身後完全展露在他眼前，她要敢穿這樣出門，除非先跨過他的屍體！

「妳要是敢穿這樣出去，我一定……」幾個威脅的字眼從他腦海中飛走，他話才說了一半就看到她眼裡泛起淚光。

陶冬葵知道自己情緒有些失控，想怪他的話卡在喉嚨，卻無法為兩人所面臨的困境解釋些什麼，兩人就這麼僵持了半天。

「你很奇怪耶……有時候我真的不知道你在想什麼……」陶冬葵從來沒在他面前哭過，見她眼眶紅了起來，穆向桐一句話也說不出來。

「我……」

「我先去換衣服。」她抽回手，拿起一旁的衣服走進浴室。

或許換回正常的衣服，她也可以做回正常的自己。在浴室裡，她除了換回衣服也洗了臉，希望自己可以冷靜一些。

「雪若說妳要去檢查。」她一走出浴室，穆向桐立刻問道。

「嗯。」她點點頭，不想再多做解釋，只是問：「你母親的事都處理好了？」

「對。」事實上，他母親的後事已經辦完近一個月了。

「我有打電話給你，想問問情況怎麼樣，不過電話都是雪若接的。」

「那時候事情比較多……」他有些語塞。

「我知道，雪若都有跟我說。」陶冬葵試著掌握話題，免得自己又被他牽著鼻子走。「雖然你說過你跟你母親感情不是很好，也對她的病情做好心理準備，但我想她畢竟是你母親……」

「妳該不會是想安慰我吧？都已經過了一個多月，我從來沒感覺到有什麼失去至親的哀痛，如果妳真想提起這話題……」他不是來討她慰問的。

「是啊，我剛說的是我之前準備好要跟你說的，只是沒想到會隔這麼久才有機會說出口，既然又見到你了，就算你不領情，我總還是要保持客套說上一次。」

「陶冬葵……」

「你不要這樣叫我。」

「那妳要我怎麼樣？」

「我怎麼知道？我甚至不知道你跑來找我做什麼？」

「我是來阻止妳做傻事。」

「我從沒有尋短的念頭，即便我的人生再不順遂，我也是一向樂觀看待的。」

「我不是指那種傻事，我是說妳打算去做人工……」

「那是我的事，跟你沒有關係。」

「妳覺得那跟我無關？就像妳大方的想把卵子捐給周雪若，也認為那與我無關！」

「我想不出來我們之間有什麼可以連結在一起，我連你都找不到……」

「妳可以跟周雪若聯絡。」

「雪若是我的朋友。」

「她是我的助理。」

「所以呢？我不要一個需要靠助理才找得到的男人……」她低頭將換下的服裝收進袋子裡。「我也不要一個他想找我時才來找我的男人。」

「妳知道我很忙。」

「我知道。」忙不忙不是重點，但忙在這時候只是推拖之辭。

「妳有上社群網站就知道，我上個月不在台灣。」

「我不知道，因為我把我的帳號刪了。」

「為什麼？」

「因為我也忙得沒時間上社群網站。」

「妳只是在忙怎麼自己去製造一個孩子來彌補妳的空虛。」

「就算是，那也是我的事。」

「妳為什麼要跟我嘔氣講這種話？」

「我很認真看待這件事，不過是因為你，我才更認真的想過，如果我遇見的人總是莫名其妙的忙一忙就不見了，那我還不如好好的過我自己的生活，而不是期待有人跟我一起面對未來。而你……」陶冬葵嘆了口氣，決定把話全說開。「你何不坦白點的說出你對我的不滿，你是因為不高興，所以才不跟我聯絡，何必把什麼都推給忙？我只是不懂，明明是你不想跟我聯絡，現在又跑來為了我很認真的想生孩子的事跟我爭執？」

「妳真的想要孩子，不需要跑到國外去生別人的小孩，妳可以生我的孩子。我想過了，我不能忍受妳生別人的孩子，因為我想要妳生我的孩子，妳懂嗎？我在乎的是妳，當我發現妳沒有把我考慮進去時，我才會那麼生氣。」

「你從來都沒有……」

「我知道我從來沒讓妳知道我有多在意妳，但妳很清楚我一直在吃妳的醋，我

討厭別的男人接近妳，甚至在妳的社群上按個讚都會讓我受不了，這還不能解釋什麼嗎？」

穆向桐沒想到一向仔細貼心的她，竟會錯漏自己為她所做的一切。

「我花時間聽妳的夢想，以最短的時間去完成它，我利用餐廳的構想增加和妳相處的機會，妳以為我缺錢到需要開一家餐廳嗎？妳以為我真的有興趣每天去試菜嗎？如果對象不是妳，我根本不會做這些事。」

「可是你總嘲笑我的想法……」

「我現在要做一件可以讓妳笑我一輩子的事。」

穆向桐從口袋裡拿出一個盒子。

陶冬葵知道那盒子裡裝的可能是什麼，但這一點都不像是他會做的事，他一向不喜歡來這招的。

「嫁給我，妳可以大方的用這件事嘲笑我一輩子。」

陶冬葵整個傻眼，雖然她一直期待穆向桐跟她道歉，但一下子跳到結婚這裡，這可是大大的超出了她的預期。

她腦海裡閃過當初穆向桐不屑的表情和高傲的態度，對照現在他因為等候她太

久，一臉微微尷尬又強做鎮定的模樣，不知為何，她竟然興起了想捉弄他的念頭。

誰叫他一直拿愛情來笑她，這下是誰栽了？就算往後還是要笑他一輩子，現在這重要的時刻，她也是要把握住，免得這男人太厲害，日後嫁給了他，恐怕不會有機會能踩到他頭上來。

「你這陣子沒有我也是活得好好的。」

「我一點也不好。」

「我看過你跟爆乳CEO的照片了。」

「妳不是說妳刪了帳號嗎？」

「就是看了那張照片才刪的，我想我不適合在這時候看到太多這種照片。」

「我以為妳看了後會氣呼呼的跑來興師問罪。」

「我有資格那樣做嗎？」

穆向桐取出盒子裡的戒指。

「收下這個，妳就有資格可以做妳想做的事了。」

「你不怕套上另一個麻煩嗎？」

「我只怕不趕快套緊妳，妳會給我惹出更多的麻煩。如果妳真的想找麻煩，也

不用捨近求遠，大老遠的跑去加拿大生別人的小孩，我不行嗎？妳真的想把我氣死是嗎？」

「我總不好麻煩你吧？」

穆向桐聽她這麼說，抓過她的手就把戒指套進去，免得他的心七上八下的找罪受。

「結婚後這就不再是麻煩了。還有，雪若已經懷孕了，所以妳想捐出愛心的事，就省了吧！」

「啊？真的？」

「戴上這戒指後，妳以後想要做什麼決定，請先跟我討論過再說。」

「這麼麻煩？」

「我都不嫌麻煩了，妳要幾個小孩我能為妳努力辦到，甚至從現在就可以開始。」

天曉得他已經有一個多月沒碰過她了，穆向桐眼神裡透露出灼熱的溫度，幾乎可以將她融化。

「這聽起來一點都不像是犧牲！」

但她的抱怨隨即被他的吻封住，整個人也回到了他懷裡被珍惜的摟住。

「還有……」

「還有？」

「還有，妳別想穿著剛剛那件衣服出去！」

「那是我學生做的，而且比上次那件好很多了……」

「我可以花錢請明星來穿。穆太太，我是不會讓我老婆穿那樣出門的，有了我，妳就再也不需要靠事業線了！」

「我又不是自己愛穿那樣的……」

「噓……妳花太多時間在跟我爭辯了，在我打算好好告訴妳我有多愛妳的時候，妳最好別再打斷我了。」

嗯……他剛剛是說他愛她嗎？

陶冬葵立刻閉上嘴，仰起臉迎上他落下的吻。

或許……她可以接受穆向桐這種風格的示愛方式，因為這就是他，她一直等著他來阻止她，而他真的來了。

好吧！有了這個男人，以後她可以考慮讓事業線提早退休了。

這年頭男人愛摟有線妹，女人愛貼有錢男！
此真理見證在「不靠爸」富二代穆向桐身上：
女友個個是波神，砸錢就想擺平校園霸凌?!
她這ㄧㄡˇ愛小老師會教他——
熱血是蝦毀！聯絡人是蝦毀!!國中老師的事業線又是蝦毀!!!

閻羅要人三更死，絕不留命到五更！
曾經染滿鮮血的手，死命抓住最後救贖——
但他的罪孽會否……讓他珍愛的笑容蒙塵？
九月十三日道盡……殺手的溫柔

楚月

武俠奇情　豪氣再起！

《閻羅》珍愛三四〇九

1號候選人：身材厚實（=消耗糧食）、五官福氣（=呆頭愣腦）
2號候選人：長相聰明（=獐頭鼠目）、舉止機伶（=盜用公款）
3號候選人：沉默寡言（=不會客訴）、力氣特大（=四肢發達），重點是還摔傷腦子（=好拐又好騙）……

來喔來喔！伯都城最大館子水雲天的——
柳大老闆喜鵲小姑娘，買「肉」啦！
看她挑挑挑選選選，金金計較、萬斤比較——
撒花！轉圈！命中注定就是**腦子有洞的你！**
哪知她火眼金睛鑑定的「忠僕潛力股」，
不但是超黏人大型犬，還是超大尾殺手閻羅，
就連溫柔和脆弱也是殺手級的?!
讓她這主子疼著疼著，一顆心就被秒殺了——
啊啊啊～老闆！她要退錢啦！！！

他們是兩個被留下來的人。
像親人相依為命，像朋友懷念亡者，然後**悖德地**——
悖德地深埋在彼此寂寞的軀體裡，
任罪孽……鞭笞深情……

水叮噹 異色生香

棠衣 異邦人之二

深情茉莉 T1148

這朵小茉莉就是不懂，她逃不出他的手掌心。
她是筱家的茉莉，有個可愛別稱「小茉莉」，
是他體弱多病妻子的妹妹，
也是這段**條件交換婚姻**的主因。
她怎會以為看見她極力隱藏的深情，
聽到她充滿甜蜜香氣、教人不得不愛的嬌吟，
他這軍火頭子還會捨得把她送給別人家？

09/13 強佔妳身

上一蕊 異色芬芳

《冰漾牡丹》～異邦人之一　水叮噹1144
是男人都有點賤吧？邵家以兩樣物事聞名：牡丹和女人。他高價標下牡丹「冰漾」，卻壓上邵小姐「冰漾」，以溫柔掩飾野蠻，重挫她又冷又辣的傲氣！但為何她冰涼的吻，又教他有……微微的慌？

Kevin老師說：女人髮型不好看，就會死。
Roger老師說：愛美是種羞恥情操的表現。

這些相親鐵則她懂，

問題是──**編劇工作責任制，天天都爆肝！**

哪管得了外表是森林系或亡靈系！

頂著素顏和狗啃頭嚇人她也不願意，

但是……但是她這仙人掌女還是……

好～想～談～戀～愛!!!

水叮噹　蛻變天后

米璐璐 戀愛向前走

愛情，羽化成蝶

這是四個女人的〔愛情進化論〕

花貨依舊滿街、小三前仆後繼、老闆斷我情路！

但她們始終深信：**認真戀愛，就能找到好男人！**

要說當朝宰相星武羅是怎樣的人？皇帝最瞭。

「愛卿愛卿，現下國泰民安全是你功勞。」
「技術含量少，老子準備炒老闆，走人。」
「這樣這樣，朕不介意愛卿為朕搞統一。」
「娛樂性太低，老子不屑賣小命，走人。」
「不然不然，朕把公主嫁你搞大那婚禮。」
「……」星大宰相笑得妖孽快意，笑得教人……膽顫心驚。

妻？當然要娶，但新娘本人不見得知道就是……

水叮噹犯罪調情高手

吉梗《騙情宰相》

情之所鍾之三　水叮噹1149

好一幅美男春睡圖。
薄唇輕抿，星眸微闔，
謫仙似的白衣宰相微笑等待——
這舞刀美人~~恨不得扎他幾個洞~~的「熱情」！
那名刀嘛，是他累了她幾夜的禮物，
但他~~個性糟~~「忘了」說的是——
此禮亦為定情物，往後輕薄「師出有名」！
正所謂他不騙妳他騙誰，誰被愛到誰倒楣！

9／13騙人的孩子下場是……？

犯罪調情　前兩案……

《情煉將軍》～情之所鍾之一　T1122

嬌俏鍛冶師德雪為了逃婚搞離家，慘遭蠻橫大將軍蓋布袋綁架?!這年頭的男人是怎樣？全都是犯罪分子！

《情迷公子》～情之所鍾之二　T1135

溫柔師兄蘇逸為療情傷不再吃草，披著羊皮夜闖敗犬郡主閨房?!裝溫柔、扮可憐，拐她給他「秀秀」一下又一下！

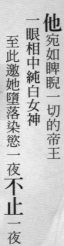

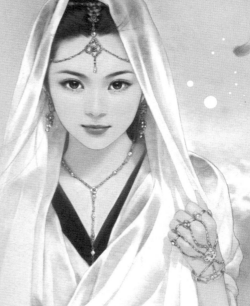

從小她放肆快馬奔馳，只因她的身後永遠會有他守護……
這裡，有一處遺世獨立的馬場——天馬堂。
碧藍的天空，飄蕩著幾朵白雲；遠處的高山，宛如潑墨山水畫，
草原上或奔或站的馬兒，恰似塞外風情，這裡是他們的年少輕狂……
深情守護者
盤絲
九月　驚喜之作

《深情守護者》

紅櫻桃952

徐風從小就被陸尹君的父親收養，是她名義上的哥哥，
乖巧穩重的他，遇上好動陽奉陰為的她，
當起她身後的小跟班，誰叫他對她的友情，第一眼就產生。
原以為兩人能在馬場裡一輩子當好兄妹好朋友，
卻在高三那年大吵一架不歡而散，各自離開馬場，
直到就業後兩人在職場上相遇，這才開始又有了交集。
曾那麼親密的兩人真要如此交惡下去？
陸尹君脾氣硬無法低頭，徐風倒不介意默默守候，
那年，陪她度過心愛的馬被安樂死的是他，
這年，陸父驟然病逝也是他在身邊安慰著她，
同年，她失控怒打客戶也是由他出面解決，
其實生活中不如意，他無不陪在她身邊，若她肯回頭看就能知道，
當年的跟班能讓她依靠，當年的哥哥早已是另一種身分存在……

9/21 好書推薦

穿越大神整人新玩法
穿越時空玩因果
她不是身穿，是魂穿，是再次投胎的「偽」嬰兒
嬰幼兒的身體，成人才有的智能，一裝要裝十六年！
害她一出生眼都哭腫了……
史上穿越最多產的作家
四月
紅櫻桃954
霸王別激
～見愛就收之二
該死！她就是該死！
前世沒欠卡債欠情債，一欠還積欠三代！
今世換她吃苦又被甩，自找苦吃真活該，
來世月老特別有交代，男人要好好按捺，
才能雙雙脫離苦情海，擁有美好的未來。
美人在懷最怕？不舉。
他是全國知名的醜將軍，一次受傷臉上留疤，下身又不舉，
還要不幸地迎娶長公主，據說長得不抱歉只是美得不明顯，
但她笑起來讓人很驚豔，體貼溫柔帶財又帶福讓他情慾開，
補藥補帖仙丹他樣樣吞，只想許他倆一個熱情美滿的未來。
9/21續添晴創意　保證看了哈哈笑～

禾馬文化9月書單搶先報

珍愛晶鑽 9/4上市	BK130	紅棗（神獸錄　龍子之卷）	決　明
	BK131、132	主上（上下）（七星傳奇之四）	凌淑芬
紅櫻桃系列 9/7上市	RC946	愛上狐狸精	果　麗
	RC947	情繫俏夥計（祥雲酒莊之二）	綺　萱
	RC948	冥后（九夜　卷四）	綺　綺
	RC949	帥哥請滾開（打爆豬頭男之一）	安祖緹
	RC950	呆呆小男友	糖　菓
紅櫻桃系列 9/21上市	RC951	帝的墮落女神	喬　寧
	RC952	深情守護者	盤　絲
	RC953	駙馬太花心（公主糾糾纏之三）	艾蕊兒
	RC954	霸王別激（見愛就收之二）	四　月
	RC955	沈花姑娘	古　潤
珍愛系列 9/13上市	J3408	大概愛妳（危情之三）	瑩　楓
	J3409	閻羅	楚　月
	J3410	決戰事業線	連亞麗
水叮噹系列 9/13上市	T1148	深情茉莉（異邦人之二）	棠　衣
	T1149	騙情宰相（情之所鍾之三）	吉　梗
	T1150	相親要放電（戀愛向前走之三）	米璐璐
水叮噹系列 9/27上市	T1151	誘拐蠻牛小姐（百種愛之一）	余　宓
	T1152	槐夏公子的冤家	阿　香
	T1153	純情大野獸（愛情跟我走之二）	韓　媛

好康加碼報！

9月起，只要在禾馬官網購書，一張訂單即送禾馬2013書展折價券一張！（面額共有5元及55元兩款，隨機出貨，送完為止。）